未亡人ではありません!
～有能王太子様の(夜の)ご指南係に指名されました～

Subaru Kayano
栢野すばる

Honey Novel

Illustration

氷堂れん

プロローグ

サレス王国の未亡人の地位は、弱く儚(はかな)い。

男性は強く、女性は強い男性に守られるべき、という価値観がまかりとおっているからだ。

他の列強諸国は、もう少し女性が強いらしい。

『会社』で働く女性や、執筆活動をし、女性ながらも本を出版する人間もいると聞く。

けれど、エリーゼには夢の世界の話だ。

今のエリーゼは豪奢(ごうしゃ)な宮殿の一室に監禁され、日も夜もなく『王太子殿下の夜のご指南』をする身の上なのだから……。

たっぷりとレースを使ったカーテン、一つ一つの柄が金泥(こんでい)で丹念に描かれた壁紙、北部地方の最高級の木材を磨き上げた家具、天井から釣られた瑠璃硝子(るりがらす)のシャンデリア。

どんなに美しい品物も、エリーゼの心を慰めはしない。

「あぁっ……だめ、グレイル様、だめ……だめっ、あぁ……っ」

エリーゼは全裸で逞(たくま)しい男の膝の上に向かい合って乗せられていた。

肌は汗ばみ、自分の身体(からだ)が立てる淫靡(いんび)な蜜音を聞きながら、ひたすら喘(あえ)がされている。

「お願い、抜いて、今日は、する日じゃ……あぁ……」

エリーゼの淡い緑の目から、大粒の涙がこぼれた。

力強い手に細腰を摑まれ、上下に揺さぶられながら、エリーゼはいやいやと首を振る。そのたびに、柔らかな金の髪がふわふわと揺れた。

エリーゼを抱いている男は、この国の王太子。

有能で将来を嘱望され、国中の女たちの憧れを一身に集める、王太子グレイルだ。

グレイルの長い指は、片時も離すまいとばかりに、エリーゼの柔らかな尻に食い込んでいる。お互いの肌は汗ばみ、甘い快楽に輝くように火照っていた。

「嫌……そんなに……何度も……奥……っ……」

「何が嫌なんだ、こんなに可愛い声を出して、俺に反応しておきながら」

グレイルは美貌を歪ませ、絞り出すように言う。

艶やかな金灰色の髪が額に張りつき、グレイルの精悍な顔を凄艶に彩っている。

「エリーゼ、顔を上げろ」

涙に潤んだ目で、エリーゼはグレイルの金褐色の目を見つめる。猛禽のような鋭い目は、エリーゼの顔しか映していない。

サレス王国王太子、グレイル殿下の閨のご指南係。

それが『未亡人』エリーゼに与えられた『業務』だ。

最近は、毎晩グレイルに抱かれ、声が嗄れるまで抱きつぶされて、熱い欲望を注がれ、解放してもらえない。

「つ、あ、もう動かさないで……おねが……あぅ……」

ぐしゃぐしゃに乱れて顔に降りかかった髪の隙間から、グレイルの引き締まった顔が見えた。彼の目には獣じみた光が浮かんでいる。エリーゼを食い尽くすことしか考えていないような、貪欲な光だ。

「いい反応だ、そんなに乱れて。お前は夫ともこんなふうに番い合ったのか？」

焼けつくような嫉妬がグレイルの声に滲んでいた。

エリーゼは無言で首を振る。

——私は……グレイル様以外の人と肌を合わせたことなどないのに……。

ご指南係として初めての夜、エリーゼの処女を奪ったのはグレイルだ。彼がそのことに気づいたかどうか、エリーゼにはわからない。

「んっ、あぁぁあっ！」

逞しい欲塊にずんと奥を突かれ、エリーゼはたまらずに背中を反らせて嬌声を漏らす。

むき出しの乳房がぷるんと揺れ、番い合う場所からは、熱い滴が伝い落ちるのがわかった。

「あ……あ……もう、いや……」

息が乱れ、下腹部が抑えがたく波打った。

強引に開かされた脚は、エリーゼの意思とは無関係に、弱々しく震えていた。

不慣れな身体で肉杭を喰い締めながら、エリーゼは逞しい胸板にもたれかかる。

目の前がくらくらした。

力が入らず、身体を支えることもできない。

「お願い……中はだめ……抜いて……抜いて、くだ……あ、あぁぁっ」

グレイルに縋りつく身体が、絶頂の波に洗われ、小刻みに震え出す。

「……いや、抜かない、孕ませるまでやめない」

エリーゼの痩せた腰に強く腕を回し、グレイルがうめくように言った。

低い声には、隠しようのない執着が滲んでいる。

「お前は一生、俺にだけ抱かれていればいいんだ、そうだよな？」

「あ……あ……それは……あぁっ」

ぐちゅぬちゅと淫らな音を立てて肉槍を食い締めながら、エリーゼは最後の理性を振り絞り、首を横に振る。

涙が頬を通り越し、喉を流れて乳房を濡らす。

快楽で啼かされて溢れた涙ではない。心の痛みが流した涙だ。

――王太子妃様になるのは……私ではないのに……。

グレイルには未来がある。

清らかな王太子妃を迎え、国民に祝福され、いつかサレス王国を継ぐ未来が。この関係だって、いつまで許されるのか……。

――でも……私は……今のグレイル様をお一人には……。

「俺が一生と言ったら、一生だ」

グレイルの声が苛立ちにかすれる。

同時に、エリーゼを揺さぶる動きが激しさを増した。

エリーゼはぎこちなく腰を揺すり、グレイルの首筋にしがみつく。

「ん、あ……あ……」

さらに強く抱き込まれ、引き締まった胸板で、エリーゼの乳房がつぶれた。

硬く尖った乳嘴が刺激されて、疼痛に似た感覚が身体の芯を駆け抜ける。

「やぁっ、あぁぁ……っ……」

グレイルの腕の中に捕らわれ、奥まで身体を貫かれながら、エリーゼは与えられる愉悦に身悶えした。

「……っ……エリーゼ、お前の中に……」

エリーゼを穿ち続けていたグレイルの息が、不規則に揺らぎ始める。

「あ……だ……駄目……」

グレイルの言葉に、もうろうとしていたエリーゼは我に返った。

侍女から渡された避妊薬は成分が強く、週二回しか服用できない。

抱かれる回数が多すぎて、服用量はとっくに超えてしまっている。

──週二回以上飲んだら、駄目だと……。

そこまで必死に考えたとき、エリーゼの身体はつぶれるくらい激しく抱きしめられた。

「なんでそんなふうに遠い目をする。俺以外の男のことを考えるな」

──どうしよう、どうしよう、違うわ……他の男の人のことなんて考えてない……。

虚しい言葉が頭の中で繰り返される。

だがエリーゼの身体は、グレイルを歓迎するかのように蠕動し、うねって、ますます彼自身を搾り取るように動く。

「ひっ……あ……あぁ……だ……め……」

目の前に無数の白い星が散り、エリーゼの全身がわななく。

「いや、いやあぁ……！」

びくびくと膣奥をひくつかせるエリーゼを膝上に抱きしめたまま、グレイルが満ち足りたように頭に頬ずりする。

「ウィレムなんてもう忘れろ」

振り絞るような声と共に、身体を貫く杭がドクドクと脈打ち、エリーゼの奥に熱い白濁が吐き出された。

エリーゼの目から再び悲しみの涙が溢れ出す。

――言えない。夫が、ウィレムが、本当は『女の子』だったなんて言えない！

熱い身体に抱きすくめられたまま、エリーゼはハラハラと涙を流す。

おびただしい白濁は腹の奥に広がり、エリーゼの身体をグレイルの色に染め上げていく。

エリーゼは何も言えず、グレイルと繋がり合ったまま唇を噛みしめた。

この国は、男性だけに権利の偏った国だ。

宗教上も、同性愛はご法度とされている。

もちろん人知れず、同性同士で愛し合うものたちはいても、公的な場に出れば弾劾の対象になり得るのだ。

エリーゼは、同性愛者の従兄、ウィレムを助けたかった。

完璧な『紳士』の仮面をかぶることに苦しみ続けていた従兄ウィレム。

心の中身は、エリーゼよりずっと優しく可愛い女の子だったウィレムを。

——ウィレムの名誉に賭けて言えないわ……！　ウィレムは命がけで、素晴らしい騎士として、理想の貴公子として振る舞っていたの。本当は、辛くてたまらなかったのに……。彼の覚悟を、私が勝手に汚せないわ……。

グレイルに、本当のことを言えたらどれだけ楽だろう。

美青年で国中の令嬢の憧れだった私の夫、ウィレム・バートンは、女の子なんです、身体は男性でも中身は女性なんです、もちろん私との肉体関係も皆無です、と。

——そんなことを口外したら、ウィレムが社会から排斥されてしまう……。

激しい性交に疲れ切ったエリーゼの意識が、だんだんと薄れていく。

グレイルはエリーゼを抱いたまま、ひどく優しい声で言った。

「早くお前が俺だけのものになればいいな……いや、もう俺のものだ、子供ができたらずっと一緒にいられる。そうだよな、エリーゼ」

「な……何言って……あ……」

グレイルの心が日に日に崩れていくのが不安で、エリーゼは身体を震わせる。

──私は、グレイル様をお支えしたかっただけなのに……。

エリーゼの頭を愛おしげに抱え込み、グレイルは乱れる息と共に囁きかけた。

「お前はずっと、俺のそばにいてくれるんだろう?」

第一章

エリーゼは、ストラウト侯爵家の一人娘として生まれた。

ストラウト家は古くからある名門だが、暮らしぶりは質素だった。

両親は他の貴族のように手広く商売をすることもなく、領地経営と王都での慈善活動にいそしんでいた。

優しい父と美しい母に愛され、質素堅実をよしとする家風の元、穏やかに暮らす日々に一陣の風が吹いたのは、八歳の時。

突然、王宮から手紙が届いたのだ。

金箔で彩られた手紙には、『ストラウト侯爵様のもとには、奥様の美貌を受け継ぐ愛らしいお嬢様がいる』という噂(うわさ)を聞きました。エリーゼお嬢様を王太子妃候補のお一人にと考えているのですが、いかがでしょうか。つきましては一度、王太子殿下のお茶会においでになりませんか？』と書かれていた。

手紙を読んだ父は苦笑して、母とエリーゼに告げた。

「王太子殿下の婚約者候補には、他にも有力なご令嬢の名前が挙がっている。エリーゼの候補者順位は一番最後だろうね」

しかし優しい父は、この機会に、娘に珍しい体験をさせてあげようと思ったようだ。

「けれど国王陛下が、我が家のように、地道に活動する貴族にも目をかけてくださったことが喜ばしい。それに、あちらからのお招きであれば、普段は伺えないような王宮の奥を見学できるよ」

父は申し出をありがたく拝命すると決め、返事をした。しばらく後に招待状が送られてきて、父母とエリーゼは、共に王宮に向かうことになった。

母が用意してくれたのは、桃色の造花が裾にたっぷり縫いつけられたドレスだ。

エリーゼは馬車の中で何度もドレスをつまんでは、裾に縫いつけられた花を確かめた。

「お父様、こんなにお花がついたドレス、初めて着るわ」

ニコニコするエリーゼに、父母も相好を崩す。

「さすがお母様だね、エリーゼに一番似合う服を間違いなく選んでくれた。君は髪の色が淡いから、優しい色がよく似合う」

父は誇らしげに言い、エリーゼの額に口づけをした。

やがて馬車は王宮の門にさしかかり、壮麗な迎賓門から正宮殿の車寄せに到着した。

「ストラウト侯爵閣下、それから奥様、お嬢様。ようこそいらっしゃいました」

金ぴかの制服を着た立派な衛兵に案内されたのは、王族が賓客を招くための迎賓室だった。

窓の外には大輪の花が咲き乱れ、壁には素晴らしい絵が飾られている。

水晶のシャンデリアは、キラキラと虹色の光を放っていた。

——夢の国みたい！

目を輝かせるエリーゼに、父は明るい笑顔で言った。

「本当に素晴らしいな、よいものが見られてよかったね、エリーゼ」

「お母様でさえドキドキしてしまうもの……本当に素晴らしい宮殿ですこと。エリーゼが喜んでくれてよかったわ」

父母は暢気に笑っていた。本気で娘が未来の王妃になるなんて考えていないからだ。

気の弱いエリーゼは父の腕にしがみついたまま、無言で頷いた。

そのとき、たくさんの従者につき従われて、ほっそりした男の子が迎賓室に入ってきた。

──王子様だ！

エリーゼは事前に教えられたとおりに、ドレスの裾をつまんで深々と頭を下げる。

「顔を上げろ」

まだ幼さの残る声で命じられ、エリーゼは頭を下げたまま父の様子をうかがう。

父の言葉で、エリーゼは勇気を出して顔を上げた。

「王太子様にご挨拶しなさい、エリーゼ」

──この方が、グレイル様……。

エリーゼの目の前にいたのは、金灰色の髪に、琥珀色の目の、けぶるような目をした男の子だった。

十三歳とは思えないような、大人びた冷淡な眼差し。

顔立ちは人形のように整っているのに、厳しい性格であることがひしひしと伝わってくる。

怖がりのエリーゼの目には、グレイルが美しく恐ろしい猛禽のように映った。

——怖い。どうして私を睨んでおいでなの。

穏やかに育てられた箱入り娘のエリーゼは、男の子に睨まれた経験などない。三人いる従兄も、皆とても優しいからだ。

グレイルの鋭い目をまともに見られず、思わず目を伏せてしまう。

「なぜ俺の目を見て挨拶しない？」

グレイルの厳しい声に、エリーゼはますます怯えてすくんだ。

「ご、ごめんなさい、グレイル……さま……」

グレイルは、勇気を振り絞って『淑女の礼』を取ったエリーゼに向けて叫んだ。

「婚約者候補になりたくないなら、無理をしなくていいからな！」

「え……あ……」

グレイルのお付きの大人たちがざわつき始める。だが、グレイルは眉一つ動かさず、震えるエリーゼに告げた。

「聞いているのか、無理しなくていいと言った。俺は心にもない笑顔で機嫌を取られるのが嫌いだ」

あまりのことに頭が真っ白になった。涙がぼろぼろと溢れてくる。

——こ、こわい……どうしよう……私がいけなかったんだ……。

多分、エリーゼは挨拶を失敗してしまったのだ。王子様に対して失礼を働いてしまったと思うと、怖くて涙が止まらない。

涙が止まらず、エリーゼはぎゅっと唇を引き結んだ。

ざわめいていた大人たちの視線が、エリーゼに突き刺さる。

しかし、次の瞬間エリーゼに届いたのは、グレイルの発した予想外の一言だった。

「なぜ、このくらいで泣くんだ？」

眉をひそめ、グレイルが首をかしげる。その時、そっと父が歩み寄ってきて、泣いているエリーゼを抱き寄せてくれた。

「殿下、申し訳ありません。エリーゼはまだ幼く、殿下へのご挨拶がなっておりませんでした。家でもっと練習させればようございましたね」

父の取りなしに、グレイルは早口で吐き捨てる。

「いや、挨拶は下手じゃなかった。ただ、嫌なくせに、俺のご機嫌伺いにわざわざ来なくていいのにと思って……」

言いかけたグレイルは、まだ泣いているエリーゼに静かに命じた。

「俺がきつく言いすぎた。もう泣くな」

びくりと身体を震わせるエリーゼに、父が優しく言った。

「大丈夫、殿下は怒っていらっしゃらないよ」

父にしがみついていたエリーゼは、おそるおそる顔を上げた。

グレイルはまだエリーゼを睨んでいる。だが、その美しい目には、ちょっと困った表情が浮かんでいた。

——怒って……ないの……？

グレイルは苛立ったように言った。

「これから俺が庭を案内し、四阿で菓子をご馳走する。婚約者候補のことは、皆同じように歓迎している。俺はどの令嬢も公平に扱うつもりだ」

そして、まだ震えているエリーゼに、小さな声で言った。

「……俺は怒っていない」

エリーゼは頷き、父母を振り返る。両親は心配そうな顔をしながらも、笑顔でエリーゼに頷いてみせた。

「一緒に遊んでいただきなさい」

父が励ますように明るい声で言う。

「グレイル殿下、娘が何か粗相をしましたら、すぐに私をお呼びくださいませ」

母は穏やかな声で、グレイルに言い添えてくれた。

——お父様とお母様は、行って大丈夫だって……。

エリーゼはまだ震えながら、よろよろとグレイルに歩み寄った。

「こっちだ」

そう言ってグレイルがくるりときびすを返す。

慌てて追いかけようとしたエリーゼは、絨毯の上で転んでしまった。

再びぶわっと涙が溢れた。

また失敗してしまって胸がつぶれそうだ。恥ずかしくて悲しい。

――もう、おうちに帰りたい。

転んだままめしくしく泣き出したエリーゼの上半身が、ひょいと抱え起こされた。

エリーゼを真っ先に抱き起こしてくれたのは、父母ではなくグレイルだった。

床にへたり込むエリーゼの前にかがみ込み、グレイルが顔を覗き込んでくる。

「大丈夫か、痛いところは？」

まさか王子様が自ら助けてくれるなんて。さっさと立て、と怒られると思ったのに。

エリーゼは内心驚きつつ、グレイルの問いに答えた。

「な……ない……です……」

ふかふかの絨毯のお陰で、怪我はない。顔を上げると、駆け寄ってきた父母が、すぐそばで心配そうにエリーゼを見守っている。

エリーゼは勇気を出して立ち上がった。両親が、ほっとした顔になる。

グレイルはほっそりした手を差し出し、エリーゼの小さな手を握った。

「もう転ぶなよ」

グレイルの冷たい綺麗な顔が、不意にほころんだ。

突然の笑顔にびっくりして涙が止まる。

――グレイル様が笑った？

素直に頷いて見せると、グレイルがエリーゼの手を取ったまま歩き出した。入り口に控えていた侍従が二人がかりで、両開きの大きな扉を開けてくれた。グレイルはエリーゼの手を取ったまま、悠然と部屋を出ていく。

後ろから、大勢のお付きの人がついてきた。グレイルはしばし足を止め、彼らを振り返って命じた。

「この子は俺が面倒を見るから大丈夫だ」

グレイルの一言で、大人たちはみな立ち止まり、深々と頭を下げた。

「かしこまりました」

——み、みんな、王子様の言うとおりにするんだわ……すごい……。

グレイルは再び悠然と歩き出す。なんと背筋の伸びた見事な歩き方だろう。等間隔で衛兵が並ぶ廊下を歩き、グレイルとエリーゼは庭に出た。

すぐ前に、白亜の大理石でできた、美しい四阿があった。真っ白な支柱には緑の薔薇(ばら)の蔓(つる)が絡まり、大輪の白薔薇をこぼれんばかりに咲かせている。

四阿の下には身なりのよい侍女が二人いて、テーブルの上にはお茶とお菓子の準備がされていた。

「噴水を見に行くか、それとも先にお茶を飲むか、どうする?」

四阿から、お茶のいい香りとお菓子の甘い匂いが漂ってくる。思わずそちらに視線を投げかけると、グレイルが口の端をきゅっとつり上げた。

「菓子だな」

エリーゼはそっとグレイルの表情をうかがった。

大人たちに囲まれていたときより、大分表情が和らいでいる。

「俺も空腹だったから、そうしよう」

そう言って、グレイルは四阿に歩み寄り、上座の椅子を引いてくれた。

「どうぞ、エリーゼ嬢」

「ありがとう……ございます……」

エリーゼがちょこんと椅子に座った刹那、白薔薇のヴェールが垂れ込めた四阿に、明るい光が差し込んだ。

グレイルの灰色がかった金の髪が、水晶の粉を振りかけたようにキラキラと輝く。大きな琥珀の瞳は、宝石のように陽光を反射した。

――とても綺麗(きれい)なお顔……。

明るい日の下で見たグレイルの美貌に、エリーゼは思わず見とれてしまった。

素敵な王子様に、素敵なお庭。素敵な茶器。

何もかもが絵本で読んだ『お姫様』のお話のようだ。

嬉(うれ)しくなってにっこり笑うと、グレイルが形のよい目を大きく見張る。

なぜグレイルは驚いているのだろう。

「へえ……君も笑うんだな」

指摘されて初めて気づく。そういえば、グレイルと会ってから怖がってばかりだった。

エリーゼの笑顔にほっとしたように、グレイルが整った顔をほころばせる。

先ほどまでとは別人のような笑顔だ。

「今日は、来たくないのに無理矢理親に連れてこられたのか」

グレイルに尋ねられ、エリーゼは首を横に振る。

「ではなぜ震えていた？」

「グレイル様が、怒っていると思ったの」

か細い声で答えたエリーゼに、グレイルが驚いたように尋ねてくる。

「俺のような子供が怒っているのも怖いのか？」

こくりと頷くと、グレイルが意外そうな声で答えた。

「それは悪かったな」

エリーゼは謝罪を受け入れ、もう一度こくりと頷いた。グレイルは向かいの席に腰を下ろし、エリーゼをまっすぐに見据えたまま尋ねてきた。

「まだ八歳と聞いたが？」

「はい……この前、八歳に、なりました」

「俺と五歳しか違わないのに、ずっと小さな子に見えた」

グレイルは、しみじみと呟いた。エリーゼに聞かせるための言葉ではなさそうだ。

――私、背が小さいって言われるわ。従兄のお兄様たちにも、伯父様にも。だから背が高

いグレイル様から見たら、赤ちゃんのように頼りないのかも。

俯いたエリーゼに構わず、グレイルが話し出した。

「父上のところに、ストラウト侯爵家の奥方はとても美しく、その一粒種も将来大変な美女に育つだろうと報告があったんだ。それで、父上が勝手にお前たちを呼んだ」

グレイルの言葉に、エリーゼは首をかしげる。いったいなんの話だろう。

「だが俺は『容姿が可愛いに違いない』という理由で、見世物のように連れてこられるお前を気の毒だと思った。他人の余興のために消費されなくていいんだぞ。お前は気が弱そうだし、多分、生き馬の目を抜く世界は向いていない」

グレイルは憤慨しているようだが、彼の主張は、八歳になったばかりのエリーゼには難しすぎた。

話についていけなくて不安になり、エリーゼはそわそわとあたりを見回した。

確かにエリーゼの母方の実家バートン家は、昔から美貌の血筋と名高い。母方の伯父や従兄弟も、とても美しい人たちだ。それは、色々な人に言われたから知っている。

「えっと、お母様を綺麗と言ってくれて、ありがとうございます……」

たどたどしくお礼を口にすると、グレイルが片方の眉を上げた。そんな表情も十三歳とは思えないほど大人っぽい。

「俺が今聞かせた話はまだ難しいか？」

「……あ、あの……はい」

正直に告白すると、グレイルは口元を緩めた。

「そうか、それは失礼。では今日は何をしに来た」

「お父様が、お城の綺麗なお庭を見せてもらおうって。それに王子様にも会えるよって言うから、連れてきてもらったのです」

エリーゼの幼い答えに、グレイルが笑い出した。

「なんだ、そうか、お互い物見遊山気分か……なら、いいか。楽しんでいけ」

しばらく笑っていたグレイルは、片手を上げて侍女に合図した。

ひっそりと控えていた侍女たちが、優雅な仕草でカップにお茶を注いでくれる。漂う芳香に、エリーゼは陶然となった。

「俺は姉四人に小難しい話ばかり聞かされて育った。耳だけ大人なんだ」

カップを手に取ったエリーゼは、びっくりしてグレイルの白い耳に視線を注いだ。そんなに大きな大人の耳だっただろうか。

視線に気づいたのか、グレイルがきっぱりと言った。

「違う。耳は普通の大きさだ、安心しろ。ええと……そうだな……姉たちは昔から、少女らしくない生意気な話ばかりしていたんだ。大きくなった今では、昔以上に容赦がないことばかり話す。俺は姉たちに小難しい話ばかり聞かされて、頭でっかちになった。だから、子供のくせに大人の話をよく知っている」

「殿下は、頭が……いいのですか……？」

「いいや。俺は、大人の知識を詰め込まれただけの子供ということだ」

──うーん……お利口……ってことかな……？

よくわからないまま、エリーゼは頷いた。お茶は美味しい。侍女が勧めてくれたケーキもふんわり甘くてほっぺたが落ちそうだ。

「さっきは泣かせて悪かった」

甘い甘いケーキを呑み下して、エリーゼは首を横に振った。怖かっただけだ。もう大丈夫。グレイルももう怒っていないし、悲しくない。

「また食べに来るか、そういう菓子を」

エリーゼをまっすぐに見つめ、グレイルが尋ねてくる。

──また来ていいの？　こんな素敵なところに？

エリーゼは目を輝かせ、素直に答えた。

「来たい……です……」

グレイルは笑みを浮かべ、今日一番優しい声で言った。

「じゃあ、招待状をまた送る。楽しいならいいんだ……嫌なのに、親に引きずってこられたのでなければ」

──引きずってこられる女の子がいるのかな……？

エリーゼは、不思議に思って首をかしげた。

優しい両親や親戚しか知らないエリーゼには、グレイルの言っている言葉の意味は実感できなかったのだ。

両親をヒヤヒヤさせた『王太子殿下へのお目通り』は、こうして無事に過ぎた。

「まあ、これで先方も納得されただろう。エリーゼは王太子殿下よりずいぶん幼いし、これ以上お話が進むことはないよ」

父は、ひどく安堵(あんど)した様子だった。

『エリーゼがお嫁に行くなんて、まだまだずっと先のことだ。おっとりした子だし、王太子妃なんて務まらないよ』と言い、エリーゼの髪を撫(な)でながら笑っていた。

しかし、数ヶ月後、再び王宮から手紙が届いたのである。

まだ幼く、家柄がよいわけでもないエリーゼに再度のお誘いがあるとは。

両親は驚いて目を丸くしていた。だがエリーゼにはなぜ手紙が来たのかわかった。

――グレイル様がお約束を守ってくれたんだ！　お菓子、また食べさせてくれるって！

父が広げている手紙を覗き込むと、そこには招待状の他に、『この前と違うお菓子を用意した』と書かれた白い紙が入っていた。

「ねえ、お母様、またお城に行っていい？」

頬を染めて尋ねると、母が笑って頷いた。

「そうね。殿下へのお礼とお土産(みやげ)に、貴方(あなた)が刺繍(ししゅう)をしたハンカチを持っていきなさい。新しく作るのよ、お母様が教えてあげるから」

エリーゼは素直に頷き、母に教えてもらって一生懸命、刺繍のハンカチを作った。

最後の方は仕上げが難しくて、手に何度も針を刺した。

けれど母は『自分で作ることが大事だから』と横から手を出そうとせず、エリーゼの拙い針捌きを見守っていた。

そして、再びのお招きの当日。

――グレイル様……大きくなった……。

半年ほど会わない間に、グレイルがびっくりするほど大人になっていた。ぽかんとするエリーゼに、グレイルはかすかに顔をしかめた。

「なんだ、また来たいと言うから呼んだのに、妙な顔をして」

声もちょっと低くかすれている。エリーゼは慌てて淑女の礼を取り、正直に言った。

「グレイル様が大きくなって、お声が風邪を引いたようなので、びっくりしました」

「俺の声が変なのは成長期のせいだ。来い、今日はテラスにお茶を用意させた」

グレイルが肩をすくめ、庭に向かって歩き出す。

エリーゼは両親が頷くのを確かめ、ちょこちょこと後を追って走り出した。その時、慌てたようにグレイルが振り返る。

「今日は転ぶなよ。お前はぼーっとしているからな……」

そう言って伸ばされた手は、記憶の中のグレイルの手より、少し大きく見えた。先月十四歳の誕生日を迎えた彼は、輪郭が引き締まり、男性的な魅力を湛え始めている。

しっかりと手を握られて、エリーゼの胸がドキドキと高鳴る。

「あ、あの、待って」

エリーゼは慌てて、ドレスの隠しポケットから、紙に包んだハンカチを取り出した。いつ渡せばいいのかわからなかったのだ。

「なんだこれは」

「お茶会のお礼です。お母様が、作って渡しなさいって言いました。どうぞ」

グレイルがエリーゼから手を離し、無表情に包みの中の布を取り出した。

「俺に迂闊にものを渡すと、周囲に賄賂を疑われるぞ」

「わいろ……？」

「いや、なんでもない。俺だってお前がそんなものをよこすとは思っていない。もののたとえだ」

グレイルは包みの中から、小さく畳んだ布を取り出した。

エリーゼが一生懸命刺繍したハンカチだ。

作ったときは可愛く上手にできたと思ったけれど、何もかもが壮麗で美しい王宮の中では、粗末な品物に見える。

――あ……あ……私が作った刺繍のハンカチ、全然……綺麗じゃない……。

もっと華やかな、蝶々やお花の柄にすればよかったのだ。幸運を呼ぶと言われているとはいえ、なぜ、てんとう虫の柄を選んでしまったのか。

「……あ、あの……」

こんな品物をグレイルに渡すわけにはいかない。やはり返してもらい、もっと上手になったらお贈りしよう。エリーゼは慌てて手を伸ばし、ハンカチを取り返そうとした。だが、グレイルは手の中のハンカチを返してくれない。

「ん、これを返せと？　どうしてだ」

「やっぱり、上手に作れていなかったからです……」

そう答えると、グレイルは不格好なハンカチを上着の隠しに押し込んでしまった。

「てんとう虫は好きだ。だから貰っておく」

低い小さな声で言われ、エリーゼはびっくりして顔を上げた。グレイルは整った顔に、ほんのり笑みを浮かべている。

「上手じゃなくてもいいのですか？」

「ああ」

グレイルは機嫌がよさそうで、エリーゼは不思議な気持ちになった。

――喜んで、貰ってくださるんだ。

その事実が、エリーゼの幼い心に暖かな火を灯した。

……初めて出会ってから、六年が経った。

グレイルからの『招待』は、その後も途絶えることなく続いた。

お土産に持っていくエリーゼの手芸品も、だんだんと形になってきている。

最近では、王太子殿下が人前で取り出してもおかしくない程度の仕上がりになり、渡すときにも恥ずかしくなくなってきた。

――また呼んでくださるって言っていたけど……。

戸惑いながらも、エリーゼはグレイルにもらったドレスや宝飾品、美しい画集を眺める。

どの品もグレイルの趣味のよさが表れていて、うっとりするような逸品ばかりだ。

贈り物をいただきすぎていることは、噂になっている。周囲の視線が痛い。

女学校でも、同級生である高貴な家のお嬢様から『王太子様に何かいただいたって本当？』と詰め寄られ、怖い思いをした。

『こんなに色々いただけません。お話しできるだけで嬉しいですから』

そう返事を送っても、グレイルは取り合ってくれなかった。

『気にするな。忙しくてあまり会えないからだ』

彼はそう言うが、こんな品を受け取っていいのだろうか。他の令嬢も、こんなふうに綺麗な宝石や高価な贈り物を貰っているのだろうか……。

エリーゼ同様、両親も戸惑っていたが、グレイルにとってはそれほど高価でもないだろうし、好意を無下にできないから頂戴するように、と言った。

……そして、ついに『決定的な日』がやってきたのだ。

エリーゼが十五歳になる一ヶ月前、グレイルからの招待状が来た。二十歳になったグレイルは多忙を極めているはずだが、エリーゼを毎月のように城に呼ぶ。

他の令嬢とのお茶会もあるだろうに。

――今日は……手袋をお持ちしよう。最近、王立軍の公務が増えたとおっしゃっていたから、寒いでしょうし。

エリーゼは、グレイルに献上する『手土産』を包みながらほろ苦く微笑んだ。

いつしか、グレイルに招かれて彼と会うのが、当たり前になっていたと気づく。

『王太子様の気まぐれだ、うちの幼い娘の相手をしてくださってありがたい』

そう言って微笑ましく見守ってくれた両親も、娘がもうすぐ十五になるというのにやまない『お招き』に、困惑し始めている。

そんな中、エリーゼの頭の中は、グレイルのことでいっぱいだった。

グレイルのことを考えない日はない。

一方で、グレイルに惹かれても、幸せになれないことがわかってきた。

エリーゼが贈り物を貰っていることや、何度も王宮に招かれることで、他の婚約者候補の親たちが、父に苦情を寄せたと聞いているからだ。

――ストラウト侯爵家の出身では、王太子妃の身分にふさわしくない。うちは家柄が古いだけの中流貴族だもの。他家のように莫大な財産もないわ、何もかもが普通……。

本当なら、きっぱりと婚約者候補を辞退し、お招きに与るのもやめたほうがいい。

そもそもが不釣り合いだし、美人の母に似ているというエリーゼを見てみたいという、王家の方々の好奇心で始まった話だったのだ。

——こんなふうにグレイル様に厚遇されていることが間違いなのに。

グレイルを思うと、胸がチクチクと痛くなる。

本気で王太子妃になれるとは思っていない。けれど、彼のことは好きだ。

——会わないほうがいいのに……。

頭ではわかっているのに、エリーゼはグレイルに呼ばれると、父に『お願いだから王宮に行かせてほしい』と頼んでしまう。

父は、エリーゼの『グレイルと会いたい、贈り物を届けたい』というひたむきな気持ちをわかってか、毎回諦めたような顔で王宮へ連れていってくれた。

「エリーゼ！」

先触れのものに案内され、迎賓室に顔を出すやいなや、長身の美しい青年が歩み寄ってきた。

グレイルは、出会った頃とは別人のような、精悍な貴公子になっていた。

誰もが見とれるような長身に、鍛え上げられた体軀。

幼い頃から怜悧さを漂わせていた美貌は、今では溢れんばかりに男性的な魅力を湛えていて、見つめられるだけで頭がくらくらする。

「セレス姉上は、もうお前に変なものを贈っていないか？」

真摯な表情で尋ねられ、エリーゼは微笑んで首を振った。

「いいえ、もう大丈夫です」

この間、ストラウト侯爵家に、突然変なものが贈られてきたのだ。いつもの王家の使者が携えてきたのは正視できないほど扇情的な下着だった。

さすがに父が仰天し『これは娘宛でしょうか？』と尋ねたところ、グレイルの使者が飛んできて『姉のセレスが勝手に贈った、本当に申し訳ない』と伝言し、引き取っていった。

どうやら第二王女のセレスは弟のグレイルに悪戯（いたずら）するのが好きで、そのせいで真面目（まじめ）な彼とは幼少時から犬猿の仲らしい。

「そうか……姉上には、今度勝手に何かしたら、ただでは済まないと言っておいた」

「どうしてあんな品をくださったのでしょう？」

「……馬鹿なんだ、姉上は！　嫁いだ今も、里帰りのたびに余計な真似をして！」

顔をしかめて吐き捨てるように言い、グレイルはエリーゼの存在を思い出したように、すぐに微笑んだ。

「テラスにお前の好きなものを用意させた。行こう」

貴族のお茶の席では、テーブルに高価な茶器が置かれているので、物品の受け渡しはしないほうがよいとされている。

茶器を倒したり、ものを落として傷つけたりしては大変だからだ。

今、人目があるところでお渡ししよう。

陰でこそこそ渡すと、護衛の人が『殿下に何を渡したのか』と心配するだろう。そう思い、エリーゼはグレイルに声をかけた。

「グレイル様、今日はこちらをお持ちしました」

手袋を入れた包みを差し出すと、彼はそれを一瞥して、エリーゼの細い手首を掴み、ぐいと引き寄せた。

いつもはすぐに笑顔で受け取り、中身を見てくれるのに。

不思議に思って首をかしげると、彼はエリーゼの指先を見つめて低い声で言った。

「なんだ、この指は」

「あ、あの、革を縫うのが初めてで、力を入れすぎてしまって……」

赤く腫れた指先を隠そうとしたが、グレイルの手は緩まない。

「指を痛めてまで、俺のものを作らなくていい」

触れ合う指が異様な熱を帯びる。

「あ、あの、すぐ治ります。大丈夫です」

けれどグレイルは手を離してくれなかった。

人目を気にして落ち着かない気持ちになったエリーゼは、おそるおそる周囲の人々の表情を確認する。皆、見ない振りをしているのがわかっていたたまれない。

グレイルは、テラスのそばまでついてきた衛兵たちに言った。

ってゆった。

ってぃった。


「二人で話す」

衛兵たちは、威厳に満ちたグレイルの命令に深々と頭を下げ、声の届かない場所まで下がっていった。

――こんなふうに手を握られてしまって……どうしよう……。

真っ赤な顔で俯くエリーゼに、不意にグレイルが言った。

「エリーゼ、十六になったら、俺と結婚してくれ」

直接的な言葉に心臓が止まりそうになる。

顔を上げたまま固まるエリーゼに、グレイルが真摯な声音で続けた。

「俺はお前が好きだ。のんびりしているけれど、何も飾らないお前がいい」

――そんな、どうしよう、私なんかにもったいないお言葉を……。

国中の憧れを一身に集める精悍な王太子に、婚約者候補の令嬢たちは競って結婚を求めている。私こそが王太子妃にふさわしい、その価値があると主張を続けている
親ぐるみで莫大な寄進を申し出たものもいたと聞く。

けれどグレイルは、いずれの令嬢の申し出にも興味を示さず、おとなしいエリーゼにしか心を開こうとしなかった。

答えないエリーゼに、グレイルが焦れたように尋ねてきた。

「嫌なのか」

エリーゼの目に涙が滲んだ。

無言で小さく首を振ると、グレイルの硬質な美貌にほのかな笑みが浮かぶ。

「よかった。これからしばらくお前を城に呼べなくなるから、その前に約束をしておきたかったんだ」

どういう意味だろうと驚くエリーゼの目をまっすぐに見据え、グレイルは言った。

「実は、留学のために一年ほどこの国を離れねばならなくなった」

グレイルの美貌に寂しげな影が差す。だが彼は気を取り直したように、力強い笑みを浮かべた。

「だから離れてしまう前に、婚約の件をはっきりさせたかったんだ」

そう言って、グレイルが秀麗な頬をかすかに染めた。

「嫌なら嫌と言っていいんだぞ、ここで断らなかったら、受けてもらえたと見做す」

エリーゼは唇を震わせながら、かすかに首を横に振る。その仕草を見て、グレイルがほっとしたように微笑んだ。

こんなに幸せそうな顔で笑うグレイルを初めて見た。

惹きつけられたようにじっと見上げるエリーゼに、グレイルは希望に満ちた声で告げた。

「留学で経験を積み、もっと王室での発言権を得て、お前を妃に迎えると宣言する。諸外国の先進的な国策を学んでくるから、待っていてくれ」

そう言って、グレイルはエリーゼの手をぐいと引き、その身体を抱き寄せた。

「待っていてくれるよな？」

エリーゼの目に涙が溢れ出す。

衛兵も驚いているのに、こんなふうに抱きしめられて、どうしたらいいのだろう。

けれど、エリーゼには、彼の求婚を拒むことができなかった。

初恋の相手に求愛され、嬉しくないはずがないからだ。

——私たち同士が勝手に交わした約束なんて、王様や王妃様の一存で、簡単になしにされるかもしれない。けれど、今は、私の本音をお答えすればいい。気持ちだけなら、お伝えできるもの。

そう思い、エリーゼは真っ赤になった顔でグレイルを見上げた。

「はい……嬉しい……です……」

……けれど、この日が『婚約者候補』としてグレイルに会った最後の日になってしまった。

優しい父母が、慰問の帰りに暴走する馬車にはねられ、亡くなってしまったからだ。

知らせを聞いてから、葬儀が終わったあたりまでの記憶は曖昧だ。

そんな中、王家の庶務を司る役所から、エリーゼ宛ての「婚約者解消通知」が届いたのだ。

父母の事故死で、婚約者候補の件は『取り消し』となってしまったらしい。

一国の王太子妃となる娘に、後見人となる親がいないのは駄目だ。

他に、王太子妃にふさわしい娘は山ほどいる。

王家の決定により、王太子グレイルの留学中に、一方的にエリーゼは切り捨てられた。

——仕方ないわ。後見人のいない私は傷物と見做されてしまったんだもの。他にたくさん候補者のお嬢様がいるから、私はもう不要……。サレス王国の社交界は、そういう場所なのよ。一つ駄目になったら、全部、駄目……。

男尊女卑、身分差至上主義の社会にエリーゼ一人が物申したところで、聞く耳を持つものなどいない。

悲しみが重なり、感情が死に絶えてしまって、何も感じないまま、エリーゼは王室からの一方的な通知を受け取った。

しかし、そんなエリーゼに救いの手を差し伸べてくれた人がいた。

四歳年上の母方の従兄、ウィレムである。

ウィレムは母の長兄バートン伯爵の三男で、幼い頃からエリーゼと仲がよかった。

——あのときウィレムが助けてくれなかったら、私はどうなっていたことか。

ウィレムが求婚してくれた理由は、両親の死の直後、大事件が起きたからだ。

昔から虎視眈々とストラウト家の財産や屋敷を狙っていた父方の叔父がしゃしゃり出てきて、自分たちこそが当主の権利があると強硬に主張したのだ。

叔父は『エリーゼは学問のない娘だ。彼女には判断力はない』と言い立てて、悪徳弁護士やら、賄賂で買収した役人のコネを駆使して、エリーゼから『ストラウト家の継承権』を奪い取ってしまった。

――悪質な詐欺師が噛んでいたんだわ。叔父様の背後にいる人が危険すぎたの。

分が悪いことを悟ったエリーゼは、逃げることに決めた。

ストラウト家の爵位にこだわり、闇社会と関係のある人間と争うのは得策ではない。

エリーゼは、自分の身の安全のため、早々に争いから身を引くことに決めた。

そして、住む家すらなくし、母方の実家バートン家に身を寄せたエリーゼに『結婚』を申し出てくれたのが、ウィレムだったのだ。

両親を亡くし、家を奪われ、グレイルまで失って寝込んでいたエリーゼに、ウィレムは優しい声で言ってくれた。

「ごめんなさいね、エリーゼ。よりにもよってこんな女が貴方に求婚だなんて。でも、貴方を守るためには、身体が『男』の生物じゃないと難しいの。……ね、お互いにかばい合わないこと？　私はエリーゼを夫として保護するわ。だからエリーゼは、私の秘密を守る手助けをしてくれないかしら……」

サレス王国では、男性は二十歳前後で結婚することが多い。だがウィレムは、ずっと大量に舞い込むお見合い話を断り続けていた。

エリーゼは、幼少のみぎりからその理由を知っている。

絶世の美男子であるウィレムが結婚しなかったのは、心が女の子だから。

女の子のウィレムは、女性とは恋愛も結婚もできなかったからだ。

エリーゼが十歳の時、四つ年上のウィレムは、涙をぼろぼろこぼしながら『秘密』を打ち明けてくれた。

『ごめんね、僕は……ううん、私は、本当は男の子じゃないの。知ってるよね、本当は私が、エリーゼみたいなドレスを着て、お姫様って呼ばれたかったこと』

エリーゼは、唐突な告白に戸惑いながらも、頷いた。

『ウィレムはこの前、私の桃色のドレスを見て、僕がそれを着たらどう思う？　って聞いてきたでしょう。あれは冗談じゃなくて、本当に着てみたかったからなの？』

エリーゼが問い返すと、ウィレムはより激しく泣き出した。

『そうよ、着たかったの！　エリーゼ、私、貴方のような可愛い女の子になりたくて、ずっと嫉妬していたの。こんな話を急に聞かせて、ごめんね。だけど、どうか、私を気持ち悪いと言わないで。お願い、貴方にしか話していない秘密なのよ……』

エリーゼには、大好きな従兄がとても苦しんでいることがわかった。驚いたけれど、苦しむ彼を突き放しては駄目だとも……。

『わかったわ、泣かないで、私はウィレムをおかしいと思ったりしない』

ウィレムの綺麗な金色の髪を撫でながら、エリーゼはそう約束した。

──私、ずっとウィレムのこと応援して守ってあげる。赤ちゃんの頃から、私に優しくしてくれた従兄なんだもの。

夫婦になった日から、エリーゼとウィレムは共犯者同士である。

エリーゼが花嫁衣装を纏った日の夜、花婿のウィレムは言った。

「私も着たかったな……ドレス……」

　誰もがうっとりしていた美貌の花婿姿では、ウィレムの乙女心を満足させられなかったようだ。

「ウィレムには、私の花嫁衣装は入らないよね……細かく作ってあるから直すのも無理そう。ごめんなさい」

「ううん、いいの。ごめんなさい、私ったら。変なことを言って」

一生に一度の結婚式だ。ウィレムも花嫁衣装を着たかったのだろう。

夫の悩ましげな横顔を見守っていたエリーゼは、彼のためにしてあげられることを一つ思いついた。

「じゃあせめて小物はどう？　ヴェールをかぶってみましょうよ！」

エリーゼは衣装室に駆け込み、うっとりするような純白の花嫁のヴェールを取り出してきて、ウィレムの頭にふわっとかぶせた。

エリーゼによく似た淡い金の髪が、白絹の繊細なレースに透けてとても美しい。男らしい容貌のウィレムがヴェールを纏うさまは、倒錯的な魅力を振りまいていた。

「素敵、似合っているわ、ウィレム」

「やだ……嬉しい……」

ヴェールの奥で、ウィレムがしとやかに涙を拭う。あまりに嬉しそうな夫の顔を見ていたら、エリーゼとしても、もっと何かしてあげたくなった。

「飾り襟とか、ヘッドドレスとかなら私も作れるわ！　それに、そう、エプロンなんかも。可愛いのを頑張って作ってあげる。それを着けてみたらどう？」

エリーゼの申し出に、ウィレムは目を輝かせた。

「本当？　実家では無理だけど、この家でならこっそり着られるわ……嬉しい！」

……その日から、二人の生活にははっきりとした決まりができた。

エリーゼは、ウィレムが『女の子』になれる秘密の時間を作る。

ウィレムは天涯孤独になったエリーゼを『男』として守ってくれる。

いびつな夫婦だと自覚しつつも、ウィレムとエリーゼはお互いを大事に、小さな屋敷で二人で寄り添って暮らし始めた。

たまに、屋敷の中で夫と『彼氏』の逢い引きを目撃して気まずいときもあったが、嫉妬はまるで感じなかった。

『今回のウィレムの彼氏さんは体格のいい感じの人だ』とか、『今回は素敵だけどちょっと嫉妬深そう……』などと冷静に観察しつつも、エリーゼは夫の恋を見て見ぬ振りをした。

——だって、結婚したときから、そういう約束だったもの。

ウィレムは、ことあるごとにエリーゼに『恋をしていい』と言ってくれた。いなくなる前の夜も、いつもどおりの優しい声で話をしてくれた。

「エリーゼ、前にも言ったけれど、貴方も恋していいのよ。本当に好きな人ができたら、私、ちゃんとその殿方に事情を話すから。私は女だから、私たちの結婚は白い結婚だと宣言するわ。貴方が好きな人と結ばれるように計らうから……ね？」

「ありがとう。でも貴方の不名誉になることは絶対に嫌よ、ウィレム」

ウィレムの頭に飾ったヘッドドレスの位置を直しながら、エリーゼは首を横に振る。

背が高く男らしい体格のウィレムは、市販品のドレスはどれも着られない。

刺繍や小物作りは得意なエリーゼにも、さすがに本格的なドレスを作るのは難しい。

だからせめてもの慰めにと、エリーゼはウィレムが身につけられる可愛い小物を作っている。今日のヘッドドレスも、自分のものだと誤魔化しつつ、ウィレムのために仕上げた。

可愛いヘッドドレスをかぶったウィレムが、鏡を覗き込んで微笑む。

「きゃあ可愛いっ……！　エリーゼ、針仕事が本当に上手になったわね」

満面の笑みを浮かべて自分の姿を確認していたウィレムが、不意にため息をついた。

「顔だけ残念。どうして私、こんなに男前なのかしら……？　中身はサレス王国一の淑女なのに！」

冗談めかして言うウィレムの頰に口づけし、エリーゼは笑った。

「外では男前で、お家では誰より可愛いお姫様。それでいいじゃない？　私はそんな二面性のあるウィレムが大好きよ」

「うふ。私もエリーゼが大好き。だってとっても可愛いんだもの。貴方ってマーガレットの妖精みたい。私、貴方の旦那様……ううん、『お姉様』になれてよかった」

ウィレムは、逞しい腕でエリーゼを引き寄せ、頰ずりしながら言った。

「……ねえ、本当にグレイル様のことはいいの？　お手紙の返事、出さないの？」

その仕草は、どう見ても愛し合う新婚同士。ウィレムは若い妻を愛でる美貌の夫にしか見えない。

何しろウィレムは容姿がいいのだ。とてもとても格好いい。どんな女の子でもぼうっとなってしまうほどの美青年だ。

しかし、ウィレム本人は、自分の男らしい美貌を好きでも嫌いでもないようだ。女の子になりたいわ……としか言わない。

彼が『素晴らしい美貌の騎士』と呼ばれているのは、腹を決めて、エリーゼのために素敵な貴公子を演じてくれているからなのだ。

「グレイル様へのお返事は出さないわ……だって……グレイルは、この結婚を祝福してくれたもの。もう、余計なことは言わないようにしたいの」

両親の死の直後、グレイルは、留学先から何回も手紙をくれた。

国策による留学を勝手に打ち切って帰れないけれど、どうか待っていてくれと。

そしてエリーゼの偽装結婚が決まった後にも、一通だけ手紙をくれた。

彼らしくない乱れた字で、一行だけ。

『おめでとう、どうかお幸せに』と書かれた悲しい手紙を……。

――もう、グレイル様のことは忘れる。これ以上グレイル様を傷つけてはいけないわ。私では王室の決定に逆らえなかったし、前途洋々のグレイル様に迷惑をかけたくなかったの。

黙りこくったエリーゼの心境を察したのか、不意にウィレムが明るい声で言った。

「素敵よね、グレイル様って。私、ああいう厳格でお堅くって真面目な感じの男前ってキュンとなっちゃう」

「……私も……好き……」

涙目で答えたエリーゼの頭をよしよしと撫で、ウィレムが妖艶な笑みを浮かべた。

「ああいう殿方って、ふとした時にキュンとさせられるのよね。コワモテなのに、意外と可愛かったりして」

グレイルを思い出し、エリーゼの胸が締めつけられる。

真面目で厳しくて意地っ張りだけれど、本当はとても優しいグレイル。エリーゼの拙い贈り物を喜んでくれる笑顔が、本当に大好きだった……。

「同じような殿方が好みなのかしら、私たち」

泣き笑いの顔で答えると、ウィレムは切れ長の片目を瞑り、冗談めかして言った。

「姉妹ですものね。でも私、妹の男に手を出すような女じゃないから安心して」

……それが、ウィレムと仲よく語り合った最後の夜だった。

翌日から、ウィレムの消息がわからなくなったのだ。

おつき合いしていた男性に、強引にさらわれてしまったらしい。

エリーゼは、その事実を送られてきた不審な手紙で知った。

『ウィレムは渡さない！　私は愛するウィレムと二人きりになれる世界に行く』

手紙にはそう記されていた。

――嫌！　嘘……どうしよう！　犯人さんはどの彼氏さんかしら？　ウィレムはものすごくモテるから、誰にさらわれたのかすらわからない！

しばらく後、ウィレムからも、一通だけ手紙が来た。

『ダリルといるの。彼の情熱が落ち着いたら戻るけど、時間がかかりそう……。この際だから、気になっていたことをダリルに協力してもらって調べてみるわ。私は大丈夫よ、エリーゼ、どうか身の回りに気をつけてね、愛しているわ　貴方の姉より』と。

ダリルというのは、ウィレムを『俺の可愛い我儘姫』と呼ぶ四十歳くらいの大富豪だ。とにかくお金持ちで、色々な場所に別荘を持っているとか聞いた。

失踪の一週間ほど前、家の居間でウィレムを巡って数人の男が痴情のもつれを繰り広げていて、その中の一人がダリルだった。だから、エリーゼも彼の顔と名前は知っている。

『姫は俺のものだ』『貴様にウィレムの何がわかる』と、怒鳴り合いをする男たちの剣幕は凄まじかった。

そんな中ウィレムは、おろおろするエリーゼに片目を瞑ってみせ、『大丈夫よ』と平然とお茶を飲んでいて、驚かされたものだ……。

そして、その手紙以降、ウィレムは、完全に音信不通になってしまった。

――大丈夫、最悪を知れば強くなれるわ、エリーゼ……。

あの日から、エリーゼはひたすら同じ言葉を呟き続けている。

最悪を知れば強くなれるはず。

何があっても動じない人間になれるはず、と。

——ウィレムの悩みって、自分が男であることと、自分が男性にモテすぎて、頻繁に色恋沙汰に巻き込まれることだけだものね……。無事に帰ってきてね。

次に考えねばならないのは、エリーゼ本人の身の処し方だ。

ウィレムは『私に何かあったときのためにね』と、エリーゼ名義の銀行口座を作り、月々お金を貯めてくれていた。

サレス王国では、主婦は夫の許可がなければ銀行口座を作れない。銀行口座など持たないまま一生を終える女性も多い。

だが、ウィレムはあえて口座を作ってくれたのだ。

さらには、両親が亡くなったとき、なんとか叔父から守り切った資産の一部もその口座に足して、エリーゼ名義の資産にしてくれていた。

気が回る賢いウィレムのお陰で、当座の資金はなんとかなった。

しかし、問題はこれでは収まらなかった。

最愛の末息子に失踪された義父が、気鬱の病になってしまったのだ。

「ウィレムが仕事も何もかも放り出して失踪するなんて。エリーゼ、お前にもなんと謝っていいのかわからない。私も、とてもとても辛いよ……お前たちの子供の顔を見ることだけが楽しみだったのに……」

義父の落ち込みは半端ではなく、義兄たちやエリーゼがどんなに慰めても、一向に元気にならなかった。

「ウィレムが仕事やエリーゼを放り出して失踪するなんて……信じられない、あの子はそんな子じゃなかったのに。君とウィレムの子供の顔が見たかった……神様……」

――お義父さまがこんなふうになってしまうなんて。私がウィレムの誘拐を防げなかったから……まあ……防ぎようがなかったけれど……。

そもそも、偽装結婚などしなければ、義父がウィレムとエリーゼの子供の顔が見たい、なんて期待をすることもなかったのだ。

弱った義父につけ込もうと、変な人がたくさん寄ってきたのも気がかりだった。

――しかもなあに、あの石……天国から亡くなった人の声が聞こえるって……もう！　誰なの、心が弱った人にこんなものを売りつけるのは！

責任を感じたエリーゼは、母の兄に当たる伯父を看護するため、二人で住んでいた屋敷を出て、ウィレムの実家に暮らすことにした。

ウィレムの実家には、義兄の子供たちも何度も顔を出してくれた。皆、素直でおじいちゃま想いの可愛い子ばかりだ。

しかし、心を病んでいる義父は頑なで、可愛い孫に囲まれても『ここにウィレムの子供もいたら……』と泣いてばかりだった。

――お父様は、末息子がいなくなったことが悲しいのよね……ウィレムの子供の顔が見られないというのは、本質的な悲しみではないのでしょうね。

数々の修羅場をくぐり続けたエリーゼは、義父の嘆きを優しく受け流すことができた。

両親に死なれ、実家を詐欺同然に奪われ、王太子妃候補からあっさり外されて恋を失い、同性愛者の従兄と偽装結婚し、その夫が男同士の痴情のもつれで行方不明になったことを思えば、義父の泣き言くらい小鳥のさえずりのようなものだ。

最悪を知れば、人は強くなれる。

……そして、夫の失踪劇から数ヶ月。

エリーゼは泣いてばかりの義父を慰めつつ、夫の実家の片隅に間借りして暮らしていた。

無事に仕事先も見つけた。お針子の手伝いだ。

――財産を食いつぶすだけでは不安だから、お仕事がしたかったの。よかったわ、雇っていただけるお店が見つかって……。

エリーゼは針仕事が得意だったが、『お嬢様の教養』程度の技術しかない。

本格的な仕立屋としてはまだまだ活動できないので、見習いを雇ってくれる店に通い、仕事の手伝いがてら、技術を学んでいるのだ。

「じゃあ、お義父様、お仕事に行って参りますね」

「か弱いエリーゼに仕事をさせるなんて。ウィレムは何を考えている……どうして連絡もよこさず帰ってこないのだろう……もしかしてもう死」

「大丈夫ですよ、ウィレムはきっと帰ってきます」

義父の繰り言を打ち切り、エリーゼは明るく笑った。

義兄たちにも言われたとおり、あまり悲しいことばかり考えさせては駄目なのだ。

最近、少し元気になってきた義父は、我に返ったように笑い返してくれた。

「そ、そうだな、ウィレムは見た目は優男だが、腕力は誰にも負けなかった。簡単にくたばるような子じゃない」

――よかった。最近は昔の明るいお義父様に戻ってきた気がするわ。やっぱり、心が風邪を引いていただけなのね。

「気をつけて仕事に行っておいで」

「はい、わかりました、お義父様。変な人が家に来てももう通さないでくださいね」

エリーゼは義父の頰に口づけし、笑顔で手を振って家を出た。華やかな大通りを通って、勤め先の『シーレンディア衣装店』に辿り着く。

シーレンディア衣装店は、王室御用達の大店で、エリーゼのような見習いの女の子もたくさん通っていた。

この店には大量の発注を捌くため、腕のいいお針子がたくさん在籍している。見習いのエリーゼに割り当てられたのは、お針子たちから指示される雑用だった。

「ねえっ、このお店厳しくない？　こんなにたくさんのハギレ、全部繋いでかけ布にしろってありえない！」

仕事が始まるなり、同僚の人妻アリアが囁きかけてくる。

二十歳の彼女は、嫁ぎ先があまり裕福ではなく、仕事をしなければいけないのが面白くないらしい。

主婦なのに、外で仕事までするなんて外聞が悪い、子供ができたら絶対やめると怒ってばかりなのだ。

「雑用じゃいつまで経ってもなんの技術も身につかないじゃない」

「入って数年は見習いだって言われたでしょ？　言われたとおりに作業しましょう」

エリーゼは、アリアの不満をやんわり受け流しながら言った。

――むしろ、ハギレを繋いで布にするだけでお金をいただけるなんてすごいわ。

内心思いつつ、エリーゼは黙々と色とりどりの布を接ぎ合わせ、言われたとおりの一枚布を仕立てていった。

アリアは飽きたのか、店の中をうろうろと歩き回っている。

運針の練習になるから頑張ればいいのにと思いつつ、エリーゼはひたすら針を進めた。

――このハギレは、もとは高価な布だから、適当に合わせてもなんだか素敵。花畑みたいな色合いになってきたわ。この布を何に使うのかな。

ある程度の大きさになった布をうっとりと眺めていたとき、不意に周囲がざわついた。

「エリーゼさん、仕事の区切りはどうですか」

顔を上げると、目の前に、店主のシーレンディア女史が佇んでいた。

五十過ぎには見えない若々しさの女史は、日々、驚くほど見事な王妃様のドレスを作り出している。

「は、はい、布はこのくらい仕上がりました」

エリーゼは慌てて作りかけの布を掲げて見せた。それを一瞥した女史は頷き、薄い唇を開いた。

「ありがとう。貴方にお使いを頼みたいの」

――お針子さんからではなく、店主さん自らのお遣い……？

戸惑ったものの、雇い主の指示に否を唱えるわけにはいかない。エリーゼは笑顔で頷き、女史に尋ねた。

「かしこまりました。なんでしょうか」

「第四王女様のところに、お使いの品を届けていただきたいのです。貴方は王宮へ行ったことがあると聞いたので、道にも迷わないだろうと思って」

――王宮……。

エリーゼの胸が波だった。

もう何年も足を向けていない場所だ。グレイルに会えなくなってからは一度も訪れたことはなかった。

「私でよければ、お届けして参ります」

「そう、ありがとう。ではお願いします、荷物はこちらよ。殿下は先日お生まれになった赤ちゃんの飾り産着の襟元に、刺繍のくるみボタンをつけたいと仰せなのです。急ぎだから早めに欲しいと……おめでたいわね、私も精一杯可愛いお品をお仕立てしたつもりなの」

女史はエリーゼを倉庫へ招くと、小さな布包みを手渡した。

「これを第四王女様の元にお届けしてね。侍女の方にお話が通っていますから」

「かしこまりました」

預かった布包みを胸に抱き、エリーゼは頷いた。

——こんなに地味な装いで王宮に伺って大丈夫かな。

仕立屋を出て大通りを歩きながら、エリーゼは己の服装を見下ろす。

王宮を訪れるときは、いつも母が用意してくれたドレスを纏っていた。もちろん、正門から貴族として堂々と入場したのだ。

——そうか、通用口から入る場合は、礼装でなくてもいいんだわ。

寂しいような、ほっとしたような気持ちになり、エリーゼは一人口元をほころばせた。

懐かしい大切な思い出が、静かに蘇（よみがえ）った。

王宮に行くとき、嬉しそうにエリーゼを着飾らせてくれた母。

自慢げにエリーゼを連れ歩いていた父。

そして、かすかな笑みを湛えてエリーゼを迎えてくれたグレイル。

——第四王女様は、リフィナ様というお名前だったわね。王宮で何度かご挨拶したわ。おっとりした優しい方だった……私の顔を覚えておいでかしら。もうお忘れよね。

懐かしさと共に、苦いものが胸に広がった。

きらめいていた時間を思い出して惨めな気持ちになったのは、久しぶりだ。

――こんなときは……どうやって立ち直ればいいんだっけ……。

悲しいときは、何も考えないことだ。考えても現実は変わらない。

エリーゼは道の端に寄り、大きく息を吸う。

――そうよね、皆様が私をどう思おうが、私は私。お針子見習いのエリーゼ。それ以外の何ものでもないんだから！

エリーゼは唇の端を上げ、再び歩き出した。しばらく歩くと王宮の尖塔が見えてくる。

――えっと、通用口はこちらね。

もう、自分を哀れむ気持ちは湧いてこなかった。

最近平和なので、危うく『私って可哀相（かわいそう）』という気分になりかけた。

多分、仕事もあって、義父も元気になりつつあり、ウィレムに関する不幸な知らせなども届かないので、幸せだからだ。

――忘れては駄目。幸せに暮らしているの、私は。

通用門の受付には、ちゃんとエリーゼが届け物をする旨が知らされていた。ほっとしたエリーゼは、番兵に挨拶し、第四王女の暮らす白亜の正殿目指して歩き出す。

このあたりは裏庭だが、至る所に華麗な花々が咲き乱れている。

ストラウト侯爵家の庭もそれなりに花は咲いていたが、王宮仕えの庭師が丹精した花々の美しさとは比べようもない。

エリーゼは正殿への小道を歩きながら、花の香りを胸いっぱいに吸い込む。

やはり、平穏な毎日に感謝し、悲しいことは考えないのが一番だ。

心が落ち着いていれば、綺麗な花を心の底から楽しむ余裕もある。悩むより明るく過ごすほうが絶対にいい。

エリーゼは、正殿に入り、言われたとおり裏口から第四王女の居室を目指した。

案内する兵士の後を歩くうち、周囲の内装が豪華絢爛（けんらん）なものに変わっていく。

壁の燭台（しょくだい）は真鍮（しんちゅう）製から金細工に変わり、壁紙には細やかな金箔で花が描かれるようになった。天井には、神の国が描かれている。

王族の起居する領域に入ったのだと気づき、エリーゼは緊張して姿勢を正した。

——本当に美しい場所。

うっとりとあたりを見回していたエリーゼの前で、兵士が立ち止まった。

「この先は侍女の指示に従ってください」

新たに枝分かれした廊下の入り口に、侍女が立って待っていた。

「お待ちしていました。王女殿下のお客様ですよね？」

この城にいるのは、出産で里帰りしている第四王女だけだ。他の王女は嫁ぎ先で暮らしていると聞いた。

「はい、さようでございます」

エリーゼの答えに侍女が頷き、こちらに、といって、先を歩き始めた。心臓がどきどき言い始める。覚悟を決めたとはいえ、やはり緊張する。

「では、こち……」

侍女が扉の前で振り返った刹那、部屋の中から怒声が響いてきた。

「ふざけるな！」

男の人の声だ。驚いて立ちすくむエリーゼに『お待ちくださいませ！』と言い置いて、侍女が慌てたように扉に耳をつける。

中の様子をうかがい、声をかけられるときを見計らっているようだ。

——お、王女殿下に何か？

オロオロするエリーゼの耳に、続いて男性の強い怒りの声が届く。

「なぜそんな真似をした、姉上」

エリーゼの全身に冷や汗が滲み出す。

——え、あ、ぐ……グレイル……様……？

間違いない、この低い声は、グレイルの声だ。

「だってグレイル、貴方は二十五になるのよ？　それなのにずっと妃を迎えないってどういうことなの！　私だけじゃなくてお父様もお母様も、お姉様たちも心配しているわ。ううん、家族だけじゃない、貴族たちもみんな噂してるのよ、貴方が不能なのかも、下手したら同性愛者の可能性もあるって」

この国では、同性愛は禁忌と見做され、忌み嫌われている。

　だが女性の言葉はエリーゼの胸を抉った。

　ウィレムは男性しか愛せないけれど、そんなふうに、一方的に嫌悪されるような人間ではなかった。エリーゼを守るために頑張ってくれた優しい人だからだ。

「姉上はご自分の心配だけなさっていればいい」

　しかし、再び聞こえたグレイルの声に、エリーゼのもやもやは吹っ飛んでいった。

「……なによ、この鉄面皮！　弟のくせに生意気ね！」

　どうして彼の声が聞こえたのか。王女殿下のお呼びではなかったのか。

　心臓が、どくん、どくんと重苦しい音を立て始める。

「俺のことになど構わず、嫁ぎ先の公爵家の信用を取り戻すことに集中してくれ。そんな態度だから姑殿に何度も叱責されるんだ」

　エリーゼの胃がきゅっと痛くなった。

　中では、深刻な姉弟喧嘩が繰り広げられているようだ。

「違うわ。私は誰よりも王家のことを考えているの！　幸い、この国の男性王族には『公妾制度』が認められている。貴方が不能だという噂を払拭させてみせるわ！」

「変なところで点数を稼ごうとするな。俺が女を寄せつけないのは、愛人なんぞいらないからだ！」

　冷や汗が噴き出して止まらない。

　この場にいていいのだろうか。こんなとんでもない会話を耳にしてしまって、後で手打ちにされたりしないだろうか。

グレイルと顔を合わせるかもしれない、という不安と相まって、脚が震え始めた。

「あ、あの、私帰りま」

「少々お待ちくださいませね」

逃げ腰のエリーゼに構わず、侍女は深呼吸をして、扉をノックした。

――なんて度胸のある侍女さんなの！

エリーゼは、真っ青になった。

『あら、どうぞ』という、別人のように優しい王女の声が聞こえた。

侍女が指で〇の形を作りながらエリーゼに微笑みかけた。

「大丈夫みたいです」

――大丈夫ではないと思うわ！

汗だくになりつつ立ちすくむエリーゼの前で、扉が開かれる。なんと、王女殿下自らが開けてくださったようだ。

だが、扉から顔を出したのは、温厚でふっくらした容姿の第四王女リフィナではなかった。

エリーゼの記憶に間違いがなければ、彼女は第二王女のセレスだ。間違いない。

セレスは、エリーゼの家に、ド派手な桃色で、至るところに穴が空いていて、布が少ない謎の下着を贈ってきた張本人だ。彼女が『変わり者』であることは、下着の件で痛いほどに理解できている。

——私はリフィナ様に、赤ちゃん用の可愛いボタンをお届けに参ったのですが？

「来てくださってありがとう」

セレスの猫撫で声に、エリーゼの本能が『危ない』と告げる。なぜだろう、罠にかかってしまったかのような気持ちになってきた。

「ささ、入ってちょうだい」

ニコニコしているセレスは、一見普通の上流貴族の奥様だ。

昔はどんなに教育しても我儘で軽薄で、国王夫妻の悩みの種だったと聞いたが、公爵家に嫁いで、三児の母になったと聞いた。

子供を授かり、まともな奥様になったのだろう。そうであってほしい。

——食虫植物に食べられる虫……みたいな……気持ちに……なっているのだけど……。

「じゃーん、驚いたかしら、グレイル！　私が募集したのは彼女よ。美人でしょ？」

エリーゼは真っ青な顔で俯いた。

いったい何が始まったのか。沈黙が痛い。リフィナ王女の部屋に案内されるはずが、とんでもないことになってきた。

——私……やっぱり、災厄の星の下に生まれているのかしら……そんなふうに思いたくないのだけれど……。

必死にこの場を逃れる方法を考えるエリーゼの耳に、扉が開く音が届く。

「では、私は失礼いたします」

侍女が出ていく声が聞こえ、エリーゼは慌てて振り返った。

「あ、私も」

無情に扉が閉まる。

逃げ損ねた。

顔を上げる勇気がないまま、エリーゼは床に膝を突き、預かりものの包みをセレスに掲げて見せた。

「あ、あの、私、預かりものを届けに……来ただけなのですが……」

「預かりもの？　お土産？　あらまあ、ありがとう」

セレスはエリーゼの手から包みを取り上げ、傍らの卓の上にポンと置いてしまった。

——帰らせて……。

エリーゼは絨毯を見つめたまま心の中で念じた。

——帰らせてください……！

「ねえグレイル、今日から彼女を愛人にすればいいと思うわ。そうすれば貴方が女を抱けなくて結婚しないという悪評もなくなると思うの。一国の王太子が男色家と噂されるなんて不名誉すぎるものね」

——セレス殿下は何をおっしゃっているの？　愛人……？　お待ちになって……。

「未亡人で若くて美人なんて、なかなかそんな条件の女性はいないわ。いいわよね？」

——よくないよくないよくない！　お待ちになってください！

さらに汗がどっと噴き出す。

「きっとお父様とお母様も喜んでくださるわ、貴方が女性をそばに置くようになったら」

「……待て」

「え？　何か言った？　グレイル」

「……お前は……まさか」

エリーゼは汗にまみれた顔を上げる。

目の前には、黒い服に身を包んだ、鋭い目つきの青年が佇んでいた。艶やかな金灰の髪に、引き締まった長身。切れ長の琥珀色の瞳には、形状しがたい強い光が浮かんでいる。

——グレイル……様……。

数年ぶりに見た彼は……ぞくっとするほどの色気を湛えた、大人の男になっていた。

エリーゼを睨み据える鋭い視線は、彼の抑制の利いた美貌と相まって、刃のような危うい魅力を放っていた。

——あぁ、怒って……ますね……。

幼い頃から共に過ごしていたので、よくわかる。

グレイルは激怒中だ。なぜこんな状況で再会する羽目になったのか。

「何をそんなに怒っているの？　……彼女の同意は取ってあるから大丈夫よ」

——いいえ、取ってないですよ？　今、適当なことをおっしゃいましたね？

「誰が頼んだ？」

「なんなの、姉に対してその態度は！」

反論したセレスは、グレイルの長身から発せられる拒絶と怒りの気配に、一瞬すくんだ様子を見せた。

「ほ……ホントに彼女が『はい、やります』と言ったんだから！　旦那さんがいなくなっちゃったって。お金がいただけて安全な暮らしができるなら、私としてもよいお話ですって！　割り切ってお勤めしたいです……って、間違いなく手紙に書いてよこしたのよ！」

――確かに夫は失踪しましたが、そんなお手紙は書いてません……！

エリーゼは、グレイルの怒りの眼差しを避けるように俯いた。

セレスが言っていることは変だ。何が起きているのかさっぱりわからない。そこまで考えてエリーゼはピンと閃いた。

――あ、私、人違いされて……る……？

血の気が引いていた身体に、一気に体温が戻る。そうだ、人違いだ。これは間違いなのだと訴えればいい。そう思って顔を上げたエリーゼは、再び凍りついた。

グレイルが膝を突き、エリーゼの顔を覗き込んでいたからだ。

「久しぶりだな、エリーゼ。こんなところで再会するとは、驚いた」

「えっ？　エリーゼ？　あれ……エリーゼ……って……」

背後のセレスが不思議そうに呟いたが、エリーゼを睨みつけているグレイルは姉を一顧だにしない。

「……夫がいなくなったというのは本当か」

「え、あ、あ、はい……あの……はい……」

ぎくしゃくとエリーゼは頷いた。

――あぁっ、正直に答えてしまった……私の馬鹿……。

後悔が過ったものの、手遅れだ。

燃え上がるような琥珀色の瞳から目が離せない。

「いつだ」

「は、半年ほど……前に……」

両親の死と共に起きたストラウト侯爵家のお家騒動は、極力外には伏せられている。

乗っ取りに協力した悪い人たちが、詐欺同然の行動の証拠を摑まれないよう、ことの顚末を必死に隠蔽しているのだ。

そのお陰で、世間からは何事もなく代替わりした、というように見える。

あまり親しくない人々は、エリーゼはバートン伯爵家の三男と結婚し、それなりに裕福に暮らしていると思っているだろう。

当然、音信不通のまま別れたグレイルも、同じはずだ。

――グレイル様は軍務で辺境に赴かれていたんだっけ。もとから都の醜聞になんて頓着なさらない方だから、ご存じないわよね、私の実家のことなんて。

とはいえ、真実は言えない。夫は男に誘拐されました。もしかしたら駆け落ちなのかもしれません。どちらにせよ『夫の失踪原因は男と男の痴情のもつれです』なんて……。

——絶対に言えない……！

エリーゼはこれ以上問い詰められたらどうしようと身構えた。

「なぜ？」

「あ……あの……」

焦りのあまり視線をさまよわせるエリーゼに、グレイルが重ねて問いかけてきた。

「結婚後、夫と幸せに暮らしていたのではないのか」

確かに幸せだった。優しい『姉』とほのぼの暮らせて楽しかった。

しかしあれは断じて、人々の想像する『新婚生活』ではないと思う。

「夫は、事情があって……旅に出ただけなんです……！」

エリーゼの脳裏に、ウィレムの『もうホント困るぅ……彼ったら私のこと独占したいとか言うの。私にもお仕事があるのに嫌になるぅ』という、惚気（のろけ）とも愚痴ともつかない繰り言が蘇った。

——言えるわけがない……。ウィレムが男性しか愛せないなんて噂が広まってしまったら困る。こんなに偏見の深い国なのに。

「……それで、お前の夫が帰ってくる目処（めど）は？」

グレイルが間近でエリーゼを睨み据えながら言った。

「な、ない……です……特に……決まっていません……」

「ふん」

グレイルが呆れたように吐き捨て、立ち上がった。

「姉上」

「なあに？」

セレスが猫撫で声で答えてニコニコと笑った。

「彼女は本当に、愛人などという、おぞましい立場になることを同意したんだな」

「ええ！　そうそう、同意した……わよね？」

チラチラとエリーゼに妙な視線を送りながら、セレスが頷く。

――してない、絶対人違い……助けて……。

そのとき、不意にセレスが高い声を出した。

「グレイル！　ちょっと待っていて！」

言うなり、セレスがエリーゼの手をひっ掴んで部屋を飛び出す。唖然としていたエリーゼは、そのまま迎賓室を出て、婦人用の化粧小部屋へ連れ込まれてしまった。

「ねえ、貴方もしかしてエリーゼ・ストラウトじゃない？」

セレスの問いに、エリーゼは頭が真っ白になったまま頷く。

「そうよね、そうそう、思い出した！　グレイルがお気に入りの子だわ！　きゃあ、すごい偶然、久しぶりね！　昔から綺麗だったけど、本当に綺麗になったわぁ」

「お、思い出してくださって光栄です……」

「うふっ、あまりに綺麗になっているから気づかなかったのよ」

――とても……適当だわ……。

この適当な王女とグレイルは致命的にそりが合わず、それはそれは仲が悪かったことを鮮やかに思い出した。顔は似ているのに中身が正反対なのだ。

グレイルがわけもなく不機嫌なときは、大概、姉のセレスともめた後だった。

セレスが性格の悪い王太子妃狙いの令嬢に言いくるめられて、彼女を寝所に送りつけてきたりとか、セレスが勝手にグレイルの希少な古書を売り払って、病院に売り上げを寄付したりとか。

そんな珍事件を起こすせいで、グレイルはたびたび腹を立てていた。

セレスは、グレイルに怒られるたび、一応反省して謝りはしたらしい。

『あの令嬢が〝グレイル様への想いは運命の恋なのに〟と言って泣くから、話も聞いてあげないグレイルが悪いのかなと思ったの。ごめんね』

『古いからゴミかと思ったけれど、学者が価値のある本だと言うから、売ってお金を寄付すればいいと思ったの。だってあんな古い本読めないわ、グレイルにも読めないでしょ？　え？　読めるの？　そう……ごめんね』

嫌がらせをしたいわけではなく、思いつきが最優先で、それ以上深く考えないだけなのだ。

そして、何度怒られても似たようなことを繰り返している。

今だって、目の前で繰り返しているではないか。

――私の勘が間違いなければ、おかしなことをさせられるわ。なんとか逃げなきゃ！

焦りで小刻みに震えるエリーゼの前で、セレスが両手をポンと合わせ、満面の笑みを浮かべた。

「すごい、奇跡みたい」

――悪夢みたいです……。

エリーゼは、これから何を無茶振りされるのかと、戦々恐々で身構えた。

とにかくここから逃げ延びなくては。ロクなことがないのは確定している。

「じゃあちょうどいいわ……未亡人で美人であの子の筆下ろしができるのは貴方しかいない！　適役だわぁよかったわぁ」

「いえ、あの、なんの話かさっぱり……」

これ以上、王女殿下のご説明を伺いたくないのだが。

「やって。お願い。これ以上問題ばっかり起こしたら、私、立場がないから。姑にも『妹君の出産見舞いに行かれるの？　ついでに実家で躾け直していただけば？』と言われているの。つまり体よく叩き出されたのよ。子供たちにも『お母様、またおばあちゃまに怒られてるの？』なんて言われてしまって。あんなに姑に怒られまくるのは子供たちを差し置いて母親の私だけなの。親の面目丸つぶれだわ！」

――うう……お姑様が可哀相……。

と思ったが、エリーゼに言う度胸はなかった。

「わ、私に、なんの関係があるのでしょうか」

か細い声で反論すると、セレスの美しい顔が、ぐいとエリーゼに近づいた。

「貴方が同じ時間に来るから間違えたんだわ。私が募集した未亡人、いったいどこに行ったのかしら。グレイルをだまくらかして連れてくるのも一大事だったのに」

「あ、あの、まず始めに、だまくらかすから怒られるのでは……」

「そうよ。グレイルにもそう言われたわ。でも私は素晴らしい思いつきだと思ったの」

追い詰められた表情でセレスは口走り、ぎゅっとエリーゼの両手を握った。

「というわけで命令よ。貴方がグレイルの『夜の』ご指南係になりなさい」

——ああ。どうしよう。

目眩（めまい）がしてきた。

エリーゼは、人よりちょっぴり怒濤（どとう）の運命に巻き込まれがちなところがある。自覚があるからこそ静かにひっそり目立たず生きてきたのに。

「わ、私、リフィナ殿下に頼まれものを届けに来ただけなのです。仕事に戻らねば、雇い主に叱られてしまいます……」

「あー、あれ、あの子のお使いだったのね。渡しておいてあげるわ。三人目にして、初めて女の子が生まれたから張り切って色々作らせてるものね、ありがとう！」

——そうじゃないです！

心の中で突っ込むも、セレスは強引だった。

「とにかくね、これ以上グレイルを怒らせたら私、嫁ぎ先での立場がなくなっちゃうの」

——じ、自業自得……なのでは……。

身をすくませるエリーゼの前で、荒々しくセレスが腕組みをした。

「たしか貴方、バートン家の三男と結婚したのよね？　王太子の元婚約者候補が、目が飛び出しそうなくらいの色男と結婚したって噂になっていたわ。グレイルの次はその男前。エリーゼ・ストラウトは顔のいい男を次から次に手玉に取って、魔性のご令嬢なのかもって」

——ああっ……ウィレムの顔が……よすぎたせいで……。

エリーゼは唇を噛みしめた。

まさか自分が知らないところで魔性の女扱いされていたとは。

目眩がますますひどくなる。

「で？　貴族の奥様のはずの貴女が、どうして洋品店の下働きをしているの？」

「そ、それは、あの……夫がわけあって家を出まして……実家は親戚に……継がせることになったので……」

しどろもどろに説明すると、セレスが薄く笑った。

「なら、ちょうどいいじゃない。連絡もなくずっと帰ってこないならもう帰ってこないわ、そんな男。別の女とよろしくやっているわよ」

——性別以外は、だいたいそのとおりかもしれないわ。反論できない。

動揺するエリーゼに、セレスがしてやったりとばかりの笑みを浮かべる。

「グレイル、可哀相だったのよ。貴女がお嫁に行った後……」

何かを言いかけたセレスはかすかに眉を寄せ、突然傲岸な声になって命じた。

「では、第二王女セレスから、エリーゼ・バートンへ命じます。今日からグレイルの閨に侍って、あの子が女を抱けるように教育してちょうだい」

「お、大人向けの本……とかで……勉強……していただけば……」

妙に息が苦しくなってきた。

「渡したけど、激怒されて目の前で焼かれたわ……あの子、女性の裸が載った本は大嫌いみたいなの……やっぱり男が好きなのかしら……ううん、大丈夫よね……？」

セレスは不安そうにブツブツ言っていたが、腕組みをして話を続けた。

「と、とにかく、誰が王太子妃に選ばれたとしても、相手は決して軽くは扱えない身分の令嬢か、外国の王女でしょう。高貴な妻を娶ったのに、初夜で恥をかかせるわけにはいかないわ。だからグレイルには今から勉強させます。今の話、しかと聞いたわね？」

——聞こえてしまった。耳を塞げばよかった。

血の気が引いていく。

王族の命令には、何か、法的な裏付けがあって、必ず従わねばならない……といった決まりがあったはずだ。

だが、こんなよくわからない形で乱発された場合はどうなるのか。

——だ、駄目……貧血……気持ち悪い……。

「グレイルの恥を聞かれたからには、王宮から出すわけにはいかないわ」

──私……聞きたくなかったのに……。

「これは王太子の私的事項に関わる王家の機密なんだから。わかった？」

──なんかもう胃が痛くて吐きそう……。どうして私の人生は……こうなるの！

目眩が悪化し、気が遠くなってきた。目の前に砂嵐が浮かび始める。

「いいこと。もし断ったり逃げたりしたら、貴方の旦那様のご実家……えっと、バートン伯爵家だったかしら。バートン伯爵家がただで済むと思わないことね。貴方の裏切りは、王家への裏切りとして扱うから。わかったら、貴方も快くこの話を受け……どうしたの？」

もう、頭がくらくらして立っていられない。エリーゼは目眩でふらつき、背後の扉にごつんと頭を打ちつけた。

だが悪いことに、そこに飾り金具が飛び出していたのだ。

──痛……っ……！

強い衝撃で目から火花が散り、エリーゼは扉にもたれたままずるずると崩れ落ちる。薄れゆく意識の中、セレスの慌てふためく声が聞こえた。

「なっ……大丈夫？　大変、誰か来て！　グレイルっ、早く来て手伝ってぇぇ！」

気が遠くなって微動だにできない。

──駄目。早く……逃げ……。

そう思いつつ、エリーゼは気を失ってしまった。

第二章

気を失っている間、エリーゼは夢を見た。

『入っちゃった……』

エリーゼの花嫁衣装を着て頬を染めているのは、ウィレムだった。

男らしく逞しいウィレムには、片脚しか入らなかった真っ白な花嫁衣装が、なぜかウィレムの全身にぴったり沿っている。丈もぴったりだ。

——ドレスが……伸びたの……？　そんな素材ではないのに……。

『嬉しい。ずっと憧れだったの。私、これを着て出掛けてくるわ』

そう言って、ウィレムがくるりと背を向けた。

エリーゼは焦りに焦って、慌ててウィレムに手を伸ばす。ドレスは破れもないまま、ウィレムの体格にぴったりな大きさに変化していた。

「あ……あ……なんで……急にこんなに大きく……」

この国の同性愛者への差別はとても厳しい。

だから、ウィレムは、どんなに女の子らしい可愛い小物を身につけたくても、家の外には一切持ち出さなかった。

そのはずなのに、なぜ都合よく花嫁衣装が巨大化していて、ウィレムはそれを着て、家を飛び出そうとしているのだろう。

『いいじゃない』

「駄目、ウィレム、家の中だけって約束でしょう。ドレスなのに……駄目……」

『もういいの、本当の私を皆に見てもらうわ』

「いけないわ、他の人に見られたらどうするの……あ、あ……駄目……ウィレム！」

焦りまくったエリーゼは、自分の叫び声に驚き、カッと目を開けた。

——ゆ……夢……よかった……。

全身に汗をかいている。心臓はドクドク音を立てていた。

——寝言……言っちゃったみたい……。

妙に気恥ずかしい気持ちで寝返りを打とうとしたエリーゼは、そこで我に返る。

——ここ……どこ……？

いつも寝ている義実家の部屋ではない。天井に描かれた金泥の花柄が、そのことをはっきりと教えてくれる。

「なんの夢を見ていたんだ」

ぎし、と背中側の寝台が軋(きし)んだ。気配がなくて気がつかなかったが、人がいたのだ。飛び起きると、グレイルが寝台に腰掛け、冷たい目でエリーゼを見つめていた。

「グレイル……様……」

痛む頭を無意識に押さえ、エリーゼは呆然と彼の名を呼ぶ。

「楽しい夢か？」

エリーゼは頭を押さえたまま視線をさまよわせた。

――死ぬほど怖い夢だったわ、現実になったら夫婦共に社会的な死を迎えそうな……。

青ざめて口をつぐんだエリーゼの顎に、大きな手がかかった。はっと身をすくめたエリーゼの顔が上向かされる。

「楽しい夢だろうな。美しく着飾って、愛する夫と、外でなりふり構わず愛し合うとは」

グレイルの琥珀色の目は氷のように冷たい。

――なんの話？　夫と愛し合う？　え……？　なんのこと……？

ビリビリするほどの怒りが伝わってくるが、彼が何を言っているのかさっぱりわからない。

誤解されているのは間違いないけれど。

だが、どこからどこまでが誤解なのかわからなくて、適切な言葉も出てこない。

「お前がウィレム殿とどれほど愛し合っていたのかはわかった。もういい……そんな話は寝言でも聞きたくない！」

グレイルの語尾が乱れる。激しい動揺が伝わってきて、エリーゼは身を縮めた。

――グレイル様は何をおっしゃっているの？　私、寝言で何か言った？

心臓が止まりそうになりながら、花嫁姿のウィレムを追いかけていたのだ。薄々夢とわかっていたのに、息が止まりそうな恐怖しか感じなかった。

グレイルは何を言っているのだろう。

わけがわからないまま萎縮するエリーゼの目を覗き込み、グレイルは言った。

「夫にたっぷり愛技を仕込まれた身体で、俺に閨のご指南を賜ってくださるそうだな。あの大馬鹿姉上が勝手に『お友達』づてに『貴族の子弟の筆下ろし』の募集を出したら、食らいつく勢いで応募してきたそうじゃないか」

全身が震え出した。

気を失っている間に、セレスがグレイルに適当なことを言ったのだ。

——ち、違う、違うの……応募もしていないし、愛技なんて仕込まれてな……。お願い早く来て交替して、本来の応募者の方……！

「金に困って、若い貴族の男の相手をなりふり構わず引き受けたのか。……お前の大好きな夫はどうした、どこへ行った」

冷酷な声音に、エリーゼは唇を噛む。

「近いうちに……帰ってくると思います……」

その他のことは一切何も言えない。何一つ漏らせない。

この国の『枠からはみ出た人』への冷たさは身に染みてわかっている。ウィレムだってずっと苦しんできた。

「騎士団の職務も放り出し、職場からの再三の問い合わせにも、涙して捜索願を出されたお父上の呼びかけにも答えないウィレム殿が、本当に帰ってくるのか？」

エリーゼはぐっと言葉に詰まった。

「お前は何か知っているのか？　心当たりは？」

——言えるはずがないわ。

「知っているなら言え」

「……わかり……ません……」

震え声でエリーゼは答えた。血の気が引き、指先が冷たくなっていく。

「俺がウィレム殿を取り返してやる。その後は二人で仲直りすればいい。ただし、どんなに金に困っても、金輪際、俺のところには顔を出すな。わかったか」

——グ、グレイル様が、ウィレムと彼氏さんとの愛の巣に乗り込んだらすべてが終わってしまう……。どうしよう、どうしたら。

「どこにいるのか、本当にわからないのです」

「では、探させよう」

グレイルが吐き捨てるように言った。

「王家専属の密偵たちを使ってお前の夫を探し出す。だから、金目当てで俺の周りをうろうろせず、夫のところに帰れ。……感謝しろよ、これは元婚約者殿へのよしみだ」

王家専属の密偵なんて使われたら、あっさりウィレムは見つかってしまいそうだ。多分、きっと、絶対に、見つかってはいけないイチャイチャ同棲状態なのに。

——駄目、駄目……っ！　どうかウィレムを探さないで……！

焦りに焦ったエリーゼは反射的に口を開いた。

「あの人は……多分、死んでしまいました」

自分の口から飛び出した言葉にびっくりする。

――何言ってるの、私……！

ますます焦りが募る。この先どう話を繋げればいいのだろう。

どっと汗をかきながら、エリーゼは真っ白な頭で言い訳をひねり出した。

「ウィレムは、まったくお金を持っていないのです」

――彼氏さんが本当に大富豪で『可愛い姫。君の欲しいものはなんでも買ってあげる』という感じの方だから、全然困っていないと思うのだけれど。

「なのに、夫婦の口座からお金が引き出されることはなく、義実家や義兄たちへの支援要請も一切ないのです。お友達も、ウィレムにお金を貸していないと。だから……私……」

ウィレムがお金をどこからも引き出していないのは事実だ。

密偵にどんなに調べられても問題ない。なぜなら彼の生活費は彼氏持ちで、本当に引き出されていない。

だが、死んだかも、なんて嘘が通じるのだろうか。怖くて震えが止まらない。

脳内のウィレムが、美しい花嫁衣装で涙を流す様子が生々しく浮かんだ。

『私、人前で堂々とこの衣装を着て練り歩くわ。だってすべてを失ったのだもの。男になれなかった私を笑ってちょうだい……』

――駄目……ウィレム……！　貴方は絶対に私が守るから。

エリーゼの目からぼろぼろと涙が溢れた。

今まで頑張って自分の秘密を隠し、友達や両親、そして『妻』のために『優秀な男』でいたウィレムの努力を、グレイルの調査でぶち壊しにされてはたまらない。

「彼は死んだと思います。探しても……意味がないと……」

そう言って、エリーゼは顔を覆った。

自分の人生が災厄の星のもとにあることは薄々気づいていたが、なぜ王宮に赤ちゃん用の可愛いボタンを届けに来ただけで、ここまでの大惨事に巻き込まれるのか。

——教会のお清めも効いてないわ……。

エリーゼは、結婚以降、教会の人に『こんなにお清めに来なくても大丈夫ですよ』と言われるくらい、災厄祓い(さいやくばらい)のお清めに通い詰め、たくさん献金をしてきた。

改めて思うけれど、効果はなかった。

ここ二年を振り返るだけでも、ろくなことがなかったのだから。

思い出さなくても様々な悪夢が蘇る。

たとえば、夫の出張時、押しかけてきた夫の元彼氏に『嫌なのっ！　女がウィレムちゃんに近寄らないでちょうだいッ』と家から連れ出されて見知らぬ街で放り出され、雪の中で死にかけた事件……とか。

あの時は、事件が起きたことを知ったウィレムが、元彼を振って白馬に乗り颯爽(さっそう)と助けに来てくれた。駆けつけてきた騎士姿のウィレムは本当に格好よかった。

彼はちょっぴり顔のいい男に弱いが、曲がったことは許さず、弱者であるエリーゼを守ってくれる、本当にいい女なのだ。

だがウィレムの顔が極度にいいせいで、一連の救出劇が予想外に目立ってしまい、なぜか再現絵つきで新聞にまで載ってしまったのだ。

不必要に目立ってしまって本当に辛かった。痴情のもつれに一方的に巻き込まれて、その後、新聞に大々的に載ってしまう二次災害にまで遭うとは。

——ひ、一つ思い出すだけで最悪ね。私、どうしてこんなに災厄に見舞われやすいの？運が悪い程度の人ならたくさんいるけれど、ここまでひどいのは私だけなのでは？

涙は止まらないし、ぶつけた頭がまだ痛くてとても惨めだ。それに、寝台に座っているだけなのに、妙に身体がぐにゃぐにゃして気分が悪い。

「エリーゼ……じゃあ……全部本当なんだな……」

グレイルが低い声で、うめくように呟く。

——え？

本能が危険を察知した刹那、ぴたりと涙が止まった。

だが念のため顔を覆う手は外さない。

「金に困り、俺の大馬鹿姉上の話に乗ったんだな。筆下ろし希望の『とある高貴な男性』が、適当な身分の未亡人を探していると。金ははずむから手を貸してくれ……そう言われて、是非私がやりますと言ったのか」

——そうなのかな？

エリーゼは顔を覆ったまま、今まで自分の語った話との整合性を確認する。

——ええ……そうなってしまうわ……何これ……どうしてこうなるの……。

変な汗がますます噴き出したが、ここで『違います』と言ったら、またウィレムを探してやるから夫のところへ帰れ、と言われてしまう。最悪だ。

「誤解が……あります……」

顔を覆ったまま、エリーゼは小声で言った。

この先何を言えばいいのかさっぱり思いつかない。

「言い訳はいい。見損なった。出ていけ」

冷たい侮蔑に満ちた声に、エリーゼの身体が凍りつく。じわじわとぶつけられた怒りが身体に染み込んできた。

だが、これで逃げられるとほっとしたのも事実だ。

グレイルに誤解されたのは悲しいけれど……ここで去れば、もうウィレムのことを嗅ぎ回られずに済む。

「申し訳ありませんでした」

なるべくもう言葉を交わさず済むようにと立ち上がったエリーゼは、その場でぺたりと座り込んだ。

立ち上がった瞬間、世界がぐるりと回転して、床がどこにあるのかわからなくなった。

「早く出ていってくれ。俺は……閨のご指南係なんてお前に頼む気はない」

グレイルの声はかすかに震えていた。怒っているに違いない。当たり前だ。『童貞なら女体を勉強しろ』なんて人前で言われて、怒らない男性がいるはずがない。

「わ、わかって……おりま……」

だが、再びぐにゃっと世界が回った。

立ったはずなのに、気づくと勝手に転んでいる。

――貧血じゃない。目眩の発作のとてもひどいものだわ。起立できない。

心労がどっと積み重なったせいだ。過去にも数回なったことがある。

冷静に思いつつ、エリーゼは諦めて、ゆっくりと床を這い進んだ。

ぐるんぐるん目が回っているが、立たなければ移動はできる。とにかくこの部屋から出て、わけのわからない状況からは抜け出さねば。

――いくら私が強くなったからって、グレイル様に売春婦のように思われ、罵倒されるなんて、辛すぎる……。それに、話がまた戻って、ウィレムを探すなんて言い出されたら。

必死に床を這いずるエリーゼの身体が、突然抱え上げられた。

「どうした」

「あ……歩けなくて……目が……回って……」

――でも這ってでも帰ります。この場から去らないと駄目なんです。

そう心の中で答えたエリーゼを抱いたまま、グレイルが言った。

「なぜこんなに軽いんだ……？　お前、まさか、まともに食事も取れないほど苦しい暮らしなのか」

――いいえ、グレイル様。平民の服は生地の量が貴族のドレスの半分以下で、さらには分厚い絹もレースも鯨の骨も使っておらず……う、目眩で、気持ち悪……。

答えようと思ったが、万が一この状態で吐いたらグレイルの素晴らしい衣装が……そう思ってぎゅっと唇を噛んだ。

頭が痛い。気持ちが悪い。異様に寒い。

「そんなに辛かったなら、なぜ俺に助けてくれと手紙をよこさないんだ……お前がそんなことになっているなら、俺は誰に何を言われても……、らず、……お前……、……」

グレイルの声がよく聞こえず、話が頭に入ってこない。

なぜグレイルは震えているのか。

彼の震えのせいでさらに気持ち悪くなってきた。

――う……う……細かく揺らさないで……！

傍目には様子がおかしく見えるだろうが、あのまま匍匐全身で帰らせてほしい。

多分、心労の原因から遠ざかれば、この目眩も軽快するのに。

――ここにいたくない！　ウィレムの秘密をどうしても守りたい……！

そう思いながら、エリーゼは再び気を失った。

◆

「こちらのご令嬢は過労でお倒れになられたようです。立てない、と訴えておられたということは、先ほど頭を打ったのとは別の、耳が原因の目眩発作の可能性が考えられるのです。目が覚めたら問診をすれば、もう少しわかるかと思います」

それほど問題ではないとわかる落ち着いた口調だった。

「わかった。ありがとう」

グレイルの短い答えに、宮廷侍医は深々と頭を下げて部屋を出ていく。

医師を部屋の外まで見送り、グレイルは初恋の女性の枕元にそっと座った。

セレスにどこぞの部屋に連れ込まれたときに、頭を打って気を失い、一度目覚めてまた気を失ったのだ。

頭蓋内に傷でもできていたらと思うと心配で、枕辺を離れられない。

王都を離れ、軍事施設の仕事に従事していたときは、施設内の病院に、市街地の医者には手に負えない怪我人(けがにん)が運び入れられることがあった。

頭を強く打ったものは、後に容態が悪化することもあるのを知った。

エリーゼは、ぶつけた部分が瘤(こぶ)になっただけだのようだが、落ち着かない。

突然の再会には目を疑ったが、凍らせていた気持ちが何も変わっていなかったことに気づいて動揺が治まらない。

たとえ、人妻になったとしても、グレイルの気持ちだけは昔のまま。留学から戻ったら迎えに行くと約束した、純情な二十歳の青年のままで止まっていたのだ。

——エリーゼ……。

気を失った彼女を自分の部屋に運び込んで数時間経った。

務め人用の医務室に連れていったら『ただの貧血じゃないですか』と適当な診察しかされず、エリーゼの安全のためには、まともな医者に診せねばならないと思った。だから自室に運び、王族付きの侍医を呼んだのだ。

——あの医務室の医者はあまりやる気がないな。王宮勤めの皆のためにも、まともな医師に入れ替えねば。

グレイルはため息をついた。エリーゼはまだ目を覚まさない。

——姉上はなぜ、エリーゼを俺の筆下ろし係として呼んだんだ。元から阿呆だが、どれだけ無神経なんだ。普通、二十五歳の男はそんなものを姉に紹介されたら、発狂して家を飛び出し行方不明になるぞ?

こんな無神経なことを思いついたセレスは、別の星から来た生き物なのかもしれない。少なくともグレイルと同じ人間ではない。

頭がガンガンする。

エリーゼが嫁いだと知ったときから、グレイルの心は半分死んだままだ。

留学から帰った後も、他の候補を全部断り、仕事以外何もしないで過ごしてきた。

——結局、誰がエリーゼに婚約者候補解消通知を送ったんだろうな。もう今となっては、知っても無意味だけれど……。

未だに時折引っかかることがある何度も反芻した疑問が、再び頭に浮かぶ。

エリーゼに、婚約者候補の解消通知が送られた経緯についてだ。

ストラウト侯爵夫妻が事故で亡くなったと、母の手紙で知ったグレイルは、莫大な国費をかけて、国交を兼ねた留学中だった。

母国との行き来には半月以上かかる。

留学期間がずれれば、さらに予算が必要となるし、受け入れ先の国にも、グレイルのために余分な労力と費用を割かせることになる。

だから『婚約者候補の安全を確かめに行きたい』と願うのは許されなかった。

サレス王国の大使に一時帰国を打診したが、やはり答えは『否』だった……。

グレイルは、エリーゼの身柄を王家で守ってほしいと手紙を書いた。

しかし、遠い異国からでは、急展開する事態に追いつけなかった。

手違いで婚約者候補解消通知がエリーゼに送られたと知ったときは、すぐに『通知を取り消してエリーゼを守ってくれ』と訴えた。だが、その訴えはあいまいに退けられ、しばらくして『エリーゼは結婚した』と知らされたのだ。

あの日から、グレイルと家族の心の距離は大きく開いたままだ。

彼女は人妻になり、グレイルの恋は終わった。

留学を終えて国に戻ったとき、家族は全員、『エリーゼ・ストラウトを婚約者候補から除外するという通知など、自分は出していない。先方が不幸で大変な時に、そんな非常識な真似はしない』と言った。

誰も嘘はついていないと思う。父母も姉四人も、そこまで鬼ではないからだ。

グレイルが詳しく問いただすと、姉四人と母は、父が解消通知を送ったのだと思い込んでいて、父は、妻か娘の誰かが送ったと思い込んでいた。

もちろん父母は『勝手に王家の名前で通知を出されたのが気持ち悪い』と言い、厳しく調べさせたらしい。

だが、担当の役人からは『王家の汎用印が押された書類をいただいたので、手続きしました』という答えしか返ってこなかった、と言うのだ。

――汎用印は……直系以外にも、かなりの範囲の王族が使えるものだ。それなのに、汎用印での指示書を理由に、解消通知を出してしまったのは役所の手違いだ。偽造通知には効力がないけれど、エリーゼには、そんなことはわからないよな……。だから彼女は、俺の両親から一方的に切り捨てられたと思い込んで……。

痛恨の誤りだった。

だが、その誤りの原因追及は、現在うやむやになったままだ。

王家の人間は数が多い。直系王族以外でも、汎用印を使用できる王族は何人もいる。

役人には経緯を調べさせているが、まるで調査は進捗していない。

グレイル自身はもう『犯人捜し』は諦めようと思っている。

エリーゼが叔父夫妻にストラウト家の家督を譲り、ウィレムと結ばれたことで、追及する意味がなくなったからだ。

もう時間は戻らない。エリーゼは、自分を冷たく切り捨てた王家に見切りをつけ、新たな幸せを見つけた……それだけのことなのだ。

グレイルはエリーゼを助けなかった家族と距離を取るようになった。

留学から帰ってから半年後、自ら国境警備隊の仕事を志望して、以降はほとんど王都には戻らなかった。

国境警備隊では、グレイルは一兵卒として、基礎訓練や、密入国の取り締まり、不正輸出入の監視に、辺境の人々の医療事情改善などに取り組むことになった。

あの一帯は裕福ではない地域で、軍事施設以外の建物はいずれもずいぶん古かった。

一通りの公共施設は揃っていても、医療事情も教育設備も、何もかも王都よりはるかに劣っていた。

『殿下も、華やかな宮殿以外をご覧になれてよかったんじゃないですか。これが俺たち辺境暮らしの現実ですよ』

同僚は、慣れない仕事に目を白黒させているグレイルに、淡々と言った。

彼の冷めた目が今でも忘れられない。

お前のお綺麗な手で何ができる、と辺境生まれの同僚は問うていたのだ。

あの日、グレイルは心の底から思った。

『お貴族様』の机上の空論では、政治は行えないのだ……と。

だから、グレイルは宿舎も、狭くて寒い一般兵の部屋で寝起きすることにした。

『俺は現実を学びたい、だから一兵卒として扱ってくれ』

掃除も炊事担当も、他の兵士と同じように引き受けた。朝は上官の怒鳴り声で叩き起こされて、軍靴を履いて集合場所に駆けつけて……。

多忙なお陰で、働いている間はエリーゼのことを考えないでいられた。

今、王都に戻ってきているのは、軍の組織再編成でいったん兵役を外れたため、そして、父の五十五歳の誕生式典があったからだ。

貴族議院からは『今後は軍務ではなく、王太子として国王陛下の補佐業務に就いてほしい』と言われている。

長い長い『休暇』はいい加減終わりにしろ、ということだ。グレイルはそれを受け入れ、一年前、軍から正式に退役し、以降は王太子として公務に励んでいる。

留学で高度な政治学を修めただけではなく、軍役を経て庶民の『現実』をも理解している王太子は重宝され、仕事は身を削られるほどに忙しい。

——それにしても、エリーゼは軽すぎる。大馬鹿姉上が窓に嵌まったのを下ろしたときは、エリーゼの倍くらい重かったのに。なぜ……こんなに痩せているんだろう。

セレスは先日、『雀を捕まえて末の子に見せようと思った』と、王宮の天窓に嵌まる大事件を起こしたのだ。

居合わせたグレイルが『なんでこんなに馬鹿なのだ』と泣きたい気持ちで助けた。

セレスは体型は昔から華奢で、三児の母になっても細い。エリーゼと比べてもそれほど大柄ではないのに、エリーゼよりずっと重かった。

エリーゼがこれほどやつれ果てていることが悲しい。

久々に再会したエリーゼが、まさか愛人業に応募してくるなんて。

それだけでも、心の中はぼろぼろなのに、彼女がこんなにやつれ果てていて、夫とも死別していたなんて。

――幸せになったんじゃ、なかったのか。

グレイルの頭の中はぐちゃぐちゃだった。

別れの言葉もないまま、エリーゼは美しく優秀な騎士、ウィレムの妻になった。

従兄弟同士だという。

周囲の人々も、ウィレムとエリーゼとの結婚をとても祝福したと聞いた。その話を聞いてどれほど悔しく悲しかったかは、もう覚えていない。いや、思い出したくない。

未練が消えないグレイルは、王都に戻ってすぐに、人目につかぬよう二人の家を覗きに行った。

――馬鹿だ。俺みたいな奴を……馬鹿と言うんだ……。

あの日のことを思い出すだけで、心が張り裂けるくらいに痛い。

様子をうかがっていると、エリーゼが帰宅したウィレムを迎えに屋敷から飛び出してきた。ウィレムと抱き合い、頰に接吻し合って、笑いながら屋敷の中に入っていく美しく若い夫婦の姿は、グレイルの心を嫉妬で壊すほどに幸福そうだった。

それに、夫ウィレムのエリーゼへの愛の深さは社交界でも噂になっていた。

エリーゼが暴漢にさらわれたときは、大雪をものともせず、颯爽と騎馬で駆けつけ、彼女を助けたらしい……と、女たちが騒いでいたのを聞いた。

幸せいっぱいだったはずのエリーゼが、なぜこれほどまでに困窮しているのだろう。

——あの大馬鹿姉上のくだらぬ呼びかけに応じねばならないほど、苦労を重ねていたなんて。愛人業など、お前のような優しいおとなしい女に務まるはずがないんだ。品のない貴族の慰み者にされて、ますます苦しい暮らしになるとは思わなかったのか？

ふわふわした金の髪が敷布の上に散っている。

グレイルは思わず手を伸ばした。

エリーゼの髪は、触れると昔と同じように繊細で柔らかく、胸がかきむしられた。

ウィレムが失踪したなんて信じられない。彼女を置いて出ていくなんて。

——どうしてこんなにか弱いエリーゼを置いていったんだ。しかも、もう生きていないとは。なぜそんなことになった？　どんな理由でも許さない。エリーゼ以上に優先するものがあったのか？　そんなのは……絶対に……！

「ウィレム……駄目……」

エリーゼが眉を寄せ、か細い声で夫の名を呼んだ。

遠慮がちに髪を撫でていた手を、ぎゅっと握りしめた。

先ほどのエリーゼの寝言を思い出したからだ。

『あ……あ……なんで……急にこんなに大きく……』

『駄目、ウィレム、家の中だけって約束でしょう。ドレスなのに……駄目……』

『いけないわ、他の人に見られたらどうするの……あ、あ……駄目……ウィレム！』

きっとあの時、エリーゼは夫と睦み合う夢を見ていたのだ。

幸せに暮らしていた間、二人は朝も夜もなく愛し合っていたのだろう。激情と共に、腹の奥に得体の知れない熱が湧き起こる。

悔しさと怒りと、屈辱で目がくらんだ。

ここで家に帰したら、エリーゼはまた『愛人業』などに応募するのだろうか。

夫を失い、自棄になっているのかもしれない。だからこんな愚かな仕事に応募したのかもしれない。

——それならば、俺が……足止めすればいいんだ……。

グレイルは握りしめていた手を広げ、エリーゼの小さな美しい顔をそっと撫でた。

「恥を忍んで、俺がお前の生徒になってやろうか？」

低い声でそう告げると、エリーゼの長いまつげがかすかに震えた。

「困窮して恥も外聞もない仕事に就こうとしているなら、俺の相手をすればいい。安心しろ、泣いて頼まれても、俺はお前を解雇しない。永久に務めさせてやろう。どうだ？」

言い終えて、グレイルの口元が歪んだ。

笑いたいのか泣きたいのかわからない。

とにかく苦しい。こんなことになっているのが苦しくて、胸が破れそうだ。

「女嫌いの変人呼ばわりされている俺が、未亡人を愛人に据えて、毎晩お前に閨の指南をさせるんだ。さぞ笑われるだろうな。でも俺はそれでも……いい……」

グレイルの目に涙が滲んだ。

——お前はウィレムを愛しているのだろうが、知るものか……。

王太子であるグレイルが、未亡人を正妃にするのはほぼ不可能だ。

前例がない。彼女を妻にする方法があるとすれば、長い間『結婚生活』と同様の暮らしを送り、子供も、エリーゼとの間にだけ作ること……だろうか。

未婚の王子が愛人を置いた前例はほとんどない。

あるとすれば、やはりセレスが思いついたような『閨の指南係』という名目がほとんどだった。

女性や閨房のことに興味の薄い王子には直接手管に長けた女をあてがって『実地で勉強』させるのである。

情けないやり方だが、過去に何度か、非公式にこのような方法が採られた例はあるのだ。

——そうだ、エリーゼを『指南係』の名目で、俺の愛人にすれば……。

グレイルの嫡子はすべてエリーゼに産ませ、非公式な場や静養に出掛けるときは、常にエリーゼを『配偶者』として帯同する。

そんな暮らしをずっと続ければ、事実婚状態を最高議会に認められ、エリーゼを妃に迎えられる可能性が高くなるだろう。

つまり、周囲に正式な結婚を諦めさせ、愛人を妻と認めさせるのだ。

そんなことを考える自分が信じられない。

だが……これが最後の機会だ。家に帰せばエリーゼはまた、怪しげな仕事に応募しようとするだろう。異常者の元に連れていかれて怪我をさせられたり、病にでも罹ったりしたらと思うと耐えがたい。

——辛い思いをするくらいなら、俺のそばから離れるな……。

エリーゼに触れる手が震えた。自分は、何をしようとしているのだろう。そう思いながら、グレイルはかすれた声で呟いた。

「エリーゼ、俺は、お前以外の女なんていらない。一生いらなかったんだ」

だが、唇の動きだけで紡がれた言葉が、エリーゼの耳に届いた様子はなかった……。

第三章

目が覚めたのは先ほどとは別の部屋だった。

どうやら、目眩はおさまっているようだ。

そして今、エリーゼは新たな窮地に陥っている。

気づいたら、王太子付きの侍女頭ザイナ女史が寝台の脇に立っていて、エリーゼに絶対零度の視線を注いでいたからだ。

寝台から飛び出し平伏したエリーゼに彼女は冷たく言った。

「このような形で再会するとは最悪ですね」

彼女は、王太子の『夜のご指南係』に任命されたエリーゼに、心得を伝え、必要な品を渡すために来たらしい。

——どうして引き受けることになっているの……！

気を失いそうになったが、ザイナ女史の表情が怖すぎて再び毛布の中に潜ることすらできなかった。

ザイナ女史のことは知っている。

『婚約者候補』だった時代に、何回も顔を合わせ、会話をしたことがあるからだ。

「こんな制度が採用されるのは、およそ百年ぶりのことと聞いていますよ」

幼い頃から仕えてきた優秀な王太子に、身分の釣り合った美しい妃ではなく、『愛人』を迎える。その事実にザイナ女史は怒り心頭のようだ。

「グレイル様もどうかしておられますが、受けた貴方のほうがよりいけない。一度殿下から身を引いておきながら、なぜ今さらのこのこと顔を出したのです、グレイル様がどれほど失望されたかわからないのですか!!」

なんでこんなことになっているのだろう。

どうしてこんなに最悪の事態を引き起こせるのか、自分でもさっぱりわからない。

エリーゼの運命を支配する災厄の星は絶好調のようだ。

せっかく見つけたお針子の仕事は、王宮からの『うちで働かせる』という通達一つでクビになった。

義父も心配しているはずだ。

王宮の役人は、義父に『エリーゼ嬢には、今後王宮にて、里帰り中の第四王女殿下の子供たちの世話をお願いする』と嘘の連絡をしたらしい。

急すぎる話に、義父は当然心配して王宮まで様子を見に来てくれたようだ。大丈夫だろうか。また悪い妄想に取り憑かれて落ち込んでいなければいいのだが。

――いろいろありすぎて、ちょっと許容量を超えてしまったわ……。

部屋の隅で立ったまま縮こまるエリーゼに、ザイナ女史は苛立ったように告げた。

「ここまで申し上げても辞退はしないのですね」

「辞退できるのですかっ？」

弾(はじ)かれたように顔を上げ、猛烈な勢いで尋ねると、ザイナ女史は眉根を寄せた。

「エリーゼ殿が自ら希望していらしたのでしょう？」

「辞退できるならさせていただきたいのですけれど！」

食らいつくような剣幕のエリーゼに驚いたのか、ザイナ女史は冷たく言った。

「……そのような許可を出してよいとは、殿下はおっしゃっておられません」

「わかりました。では、殿下とお話し合いをさせていただいて……あの……うまくまとまれば、すぐにでも辞去いたしますので……」

この状況でグレイルが話を聞いてくれるとは思えない。だが、言い切るしかない。

ウィレムは死んだかもしれないけれど、私は一人でしっかり生きていきますと。義父の世話もあるのでそんなに長く家を空けられません……と。

――お義父様がまた気鬱になって『霊界と通話できる石』とか買ってしまったら困るわ。値段は高いのになんの効果もなくって、お漬物の樽(たる)の蓋用には小さいし！

祈るような気持ちで指を組み合わせるエリーゼに、ザイナ女史は言った。

「今さら辞めるなどと言い出しても、もう貴女が殿下のお閨に侍(はべ)りたいと『愛人志願』をしたことは、王宮中の皆が知っていますよ」

『それは、最悪ですね』と思った瞬間、再びぐらぁ……と世界が揺れた。

――うっ……目眩と吐き気が……。

「昔の貴方はもっと、慎みと分別のあるご令嬢でしたよね。早くに亡くなられた旦那様を偲びもせず、贅沢を望んで、お金目当てで殿下に身体を売ろうと考えるなんて残念です」

――わ、私、たいへんな極悪人に……なってしまったわ……。

とりあえず、この状況で何を言っても意味がない。もう少し落ち着いたら、事情を説明させてもらおう。ついでにセレスを探して『応募者は別人なのでは？』と問い詰めなければ。公爵夫人である高貴なセレスに会うのはなかなか大変そうだが……。

――あの、私が意地悪な見方をしているせいかもしれないけれど……セレス様は、王家のご姉弟様の中では、お一人だけとてもお暇そう……よね……？　きっとすぐに捕ま……お会いできるわよね？

焦るエリーゼに、ザイナ女史は紙包みを差し出した。

「避妊薬と、ことに及ぶ際に着用する衣装もろもろです。貴方のお仕事は、殿下に女性の肌のよさを教え込み、結婚に前向きになっていただくよう仕向けること。いいですか、個人的なおねだりなど一切しないように！」

「はい」

エリーゼは逆らわずに頷く。

「ご指導は週二回までにしてください。グレイル様は、日々忙しく公務に携わっておられます。それだけではなく、諸外国の表敬訪問や賓客の歓迎、慈善活動の支援など、多岐にわたってお仕事をされておいでです。求められても、グレイル様が消耗なさるような真似は慎むように」

「はい……」

知識がないなりに必死に考える。

もし最悪、このままコトに及ばねばならなくなっても、すぐグレイルに飽きられるよう、ただ寝ていよう。きっとグレイルは『女体はたいしたことがないな』と思い、エリーゼを解雇してくれるに違いない……。

「それから妊娠を防ぐために、必ず避妊薬を服用してください。月に一度、一ヶ月分お届けします。その薬は強いので、大量服用はあまりよくありません。そのため、服用は週二回に留めてください」

そう言って、ザイナ女史はため息をついた。

ぼうっとした表情のエリーゼに苛立ったようだ。

「聞いていますか？　うまくグレイル様をいなして、回数を週二回に収め、薬の過剰服用も控えるようにしてくださいね。お世継ぎの前に愛人の子が生まれるなんてありえませんから。では、何かあれば」

こんな場所にいるのも穢(けが)らわしいとばかりに、ザイナ女史がさっさと部屋を出ていこうとする。

「あの、ザイナ様、ここはどこですか？　私……寝ている間に運ばれて……」

「王太子宮の端にある塔の物置部屋です。調度と貴方の衣装はグレイル様の指示があれば整えますから」

包みを持ったまま深々と頭を下げたエリーゼを振り返りもせず、ザイナ女史は出ていった。

――宮殿の皆が、私の愛人立候補を知っている……って、どういう意味かしら？

全身全霊で都合のいい解釈をしようとしたが、何も浮かばない。

どう頑張っても『エリーゼがグレイルの愛人にやる気満々で立候補し、彼の筆下ろしを引き受けたと、王宮の全員に勘違いされている』という解釈にしかならない。

――わ、私の運の悪さは……伝説になるわ……。

エリーゼは寝台に座り込み、膝の上の包みを開けるでもなく、ただ放心した。

頭が真っ白で何も考えられない。

グレイルをどう説得し、こんな最悪の選択を辞めさせればいいのか。

考えようとするのに何も出てこない。

――こういうのを……打つ手なし……と……。

放心したまま座り込んでどのくらい時間が経っただろう。部屋の扉が叩かれ、返事をする前に扉の向こうからセレスが顔を出した。

「あのね」

入ってこないところを見ると、ろくでもないお知らせなのだろう。いつでも逃げられるようにあんな場所から話しかけてくるのだ。

「応募者、別の人だったの」

「知っています」

乾いた声でエリーゼは答えた。

「でもね、今連絡があって、真実の愛を見つけたから辞めますって言われちゃったのよ」

セレスの困り果てた口調に、エリーゼは感情の失せた声で尋ねた。

「そもそも、どうしてこんな募集をしたのですか」

「グレイルがまったく結婚に興味を示さないでしょう。二十五にもなっておかしい、同性愛者なんじゃないかって、周囲のお友だちが言い出したの。多分違うのに可哀相と思って。昔、貴方をお城に招いた後はいつも嬉しそうで、早く結婚したいって言っていたし。だから、同性愛者ではないと証明してあげようと思って……」

――たとえそうであっても、そっとしてあげないのはどうして……。

ウィレムのことを思い出し、エリーゼの胸は悲しみでいっぱいになる。

「それで、昔の王子が閨の指南を受けて結婚したという例を誰かに聞いて、お友だちが新聞に子馬の引き取り手の募集広告を出すときに、一緒に記事を出してもらったのよ」

――どうしてそうなるの……どうしてそんな記事を出そうと……私にはわからない。

頭痛がしてきて、エリーゼは小さな声で答えた。

「グレイル様に誤解だと説明して、やめていただけるようお願いします」

「ええ……そうね……でも……うん……」

歯切れ悪くセレスは答える。

なんだか嫌な予感がして、エリーゼはやや厳しい声で尋ねた。

「何か問題があるのでしょうか？」

「あの子、貴方のことでお父様にものすごく怒られてしまったの。私も一緒に呼ばれて、広告を出したことをとても怒られたのよ」

「それは、そうでしょうね」

優秀で真面目な息子が『昔の婚約者を愛人にして童貞を捨てる』なんて言い出したら、まともな親なら絶対に怒るに決まっている。セレスが怒られたという話に関しては、当然すぎてなんの意見もない。

「でもグレイルは、『俺は絶対にエリーゼと別れない』ってお父様に啖呵を切っていたわ。最後は扉を叩きつけるようにして、お父様の執務室を出ていってしまったの」

だが続いた説明の意味がさっぱりわからない。それでは、グレイルがこの話に乗り気になっているようではないか。

――なぜそうなるの……？　駄目、わからない、全然……！

気が遠くなってきた。エリーゼの様子がおかしいのに気づいたのか、セレスは誤魔化すような早口で告げた。

「じゃあ頑張ってね、私の着なくなったドレスをあげるから。末の子を産んだ後、どうも胴回りがきつくて……でも貴方にならぴったりだと思う」

――えっ、もしかしてそれはお詫びのお気持ちですか？　いらないいわ！

なんの解決にもならないので結構です。そう言い返す前に、セレスはぱたんと扉を閉めて去っていってしまった。再び虚無の時が訪れる。

——……どうしてグレイル様は、私と別れないなんて国王様に啖呵を切ったのかしら。

エリーゼは深呼吸した。

『逃げられないかもしれない』なんて思うのはきっと気のせい。気に病んでは駄目だ。前向きでいればきっと物事はうまくいく……はずだ。

目眩が再びしてきたので、エリーゼは慌てて考えるのをやめた。

膝に手を乗せたままぼうっとしていたら、もう、あたりは真っ暗だった。

部屋の明かりをつける気力もなかったが、途中食事を運んでくれた人が『明かりもつけないでどうしたんです？』と訝しんで、点灯してくれた。

エリーゼは膝の包みを脇に置き、もそもそと運ばれてきたパンとスープを口に押し込んだ。

王宮の食事とは思えないほど量も少なく粗末な料理だ。

だが今は具合が悪いのでちょうどいい。

元気になったら物足りなさそうだけれど……。

——愛人なんて、公費で贅沢させる対象じゃないものね。だから、最低限の食事しかあてがわれないんだわ。愛人にいい思いをさせられるのは王太子殿下だけ。王太子殿下が私財で愛人の食事を賄ったり、服を買い与えたりするのでしょうね……。

食事を終えて、エリーゼはお皿をまとめて入り口のそばに置いた。そうすれば回収すると言われたからだ。囚人のようでちょっと悲しい。

この状況から抜け出すためにも、とにかくグレイルを説得しなければ。

食事のお陰で少し元気になったエリーゼは包みを解いた。中には瓶に入った液体の薬と、目を覆いたくなるような派手な下着や寝間着があった。それから『潤滑油』と書いてある塗り薬もあった。

エリーゼは無言で下着と寝間着を包み紙に戻し、二種類の薬だけを寝台の脇に置く。

包みの中には一枚の紙が同封されていて、浴室や手洗い場の場所と、生活上の注意書きが書かれていた。

『衛生には細心の注意を払うこと。グレイル様に匂いが移らないよう、香水の使用は厳禁。潤滑剤にはグレイル様がお楽しみになれるように薬効成分を追加しました。

また、入浴はグレイル様の許可を得た上で、同行して構いません。同封の香油でお肌の手入れをして差し上げるとよいかと思います。とにかくグレイル様がお喜びになるように考え、我儘を言わずに振る舞うように心得てください』

——薬効成分……？　グレイル様のために……？

何がどうなれば彼が『お楽しみに』なれるのだろう。だが、王宮の指示なので使ったほうがいいのだろうとは思った。

——こんなに何もわからなくて大丈夫かしら？　グレイル様に嫌な思いを思い切りさせそうで不安なのだけど。

なんにせよ、お風呂は借りられるらしくほっとした。入浴も王太子様のお金でなんとかしろ、などと言われたら困り果てていたところだった。

――グレイル様は遅いのね。今日は来ないのかも……寝ようかしら。寝間着や下着は、支給品で満足できなければ全部グレイル様におねだりしろということなのね。

エリーゼは諦めて、『浴場はここ』と指示された場所に向かった。放心していても仕方ないのでお風呂に入り、気分を切り替えよう。

今日はもう遅いので、グレイルもわざわざ訪れてこないだろう。

――お風呂は最高。五人くらいで入れる広さだったわ……！

身体が温まったら、体調がよくなった。

同時に凍りついていた頭も元気になったようだ。そのお陰で思いついた。

『鬱っぽい義父が心配なので家を離れられないのです』と言えばいいのだ。そうすればきっと帰らせてもらえる。

――やっぱり固まって思いつめているだけだと駄目ね。

妖艶すぎる寝間着を纏（まと）って、エリーゼは髪を拭う。髪の手入れの油などは何もなかったが、普段からあまり使わないので、たいして気にならない。お嬢様だった頃はいろいろと侍女が手入れをしてくれたが、結婚してからはほとんどしていないのだ。

――ウィレムは何もしなくても髪もお肌もぴかぴかで艶々だったから。真似して私も、たまにちょっと肌や髪に油をつける程度にしたのよね。弄り回すよりも、かえって調子がいいみたい。ウィレムと私は従兄妹同士だし、体質が似ているのかも……。

手入れを終え、鏡を見た。どんなに前を合わせても胸が開いて強調される寝間着だ。レースと刺繡がたっぷり施されている。

とても手間暇かけて『扇情的』に仕立てた品だとわかる。

――朝起きたら急いで着替えましょう……。

エリーゼは浴室をできる範囲で片づけ、先ほどの部屋に戻った。扉を閉めてほう、とため息をついた途端、低い男の声にすくみ上がる。

「遅かったたな」

見れば、扉を開けたすぐそこにグレイルが立っているではないか。

「きゃぁぁあっ！」

エリーゼは驚きのあまり、手近な壁に縋りついた。

「何を驚く？」

グレイルが薄い笑みを浮かべて腕を組んだ。エリーゼは慌てて大きく開いた胸を両手で隠しながら、そろそろと壁を離れる。

「い、い、いえ……なぜグレイル様がいらしたのかなと思って……」

「お前と寝るために来たと言ったら？」

率直な答えに、エリーゼは言葉を失う。だが、慌てて気合いを入れ直し、はっきりとグレイルに言った。

「私は、できれば愛人などにしていただきたくはありませんでした」

「俺が嫌いだからか？」

きっぱりと冷ややかに問われ、エリーゼは反射的に否定してしまった。

「え……あ……いいえ、違います……」

答えた途端、自分でもわからなくなった。

自分がグレイルのことをどう思っているのか……。

エリーゼが今考えていることは『グレイルは経歴に傷のない立派な王太子なのに、愛人など迎えたら人生が滅茶苦茶になってしまう』ということ、そして『ご指南係など無理、なぜなら未経験だから』だけだ。

でも、それしか考えられないのも当然だと思う。

ここまでの展開が急すぎる。歩いていたら道が突然急傾斜になって、奈落の底へ滑り落ちていくような勢いだった。

今でも呆然としていて、とにかく解放してほしいと、そればかりが頭に浮かぶ。

「私、家に戻って義父のお世話をしないといけなくて。義父は夫が行方不明になってからずっと落ち込んで、落ち込みすぎて……あの……変な詐欺などにも引っかかりやすくなってしまったんです、まだ五十歳とちょっとなのに……。だから私がなるべくつき添っていないと駄目なんです。だから朝になったら帰らせてください」

言っていたら不安になってきた。エリーゼの不在に気づいてまた霊能者を騙る詐欺師がやってきたらと思うと、落ち着かなくなる。

「お前が夫の父親の面倒を一人で見ているのか？」

目に見えてそわそわし始めたエリーゼの態度には信憑性があったようだ。

「はい、義兄たちには家庭があって、子供たちも小さいので……でも、義父も落ち込みがひどいだけで、最近は回復傾向にありますし、私は見張りのようなものですから」

「ではお前の義父上の元には医者を送ろう」

——え……？　今なんて……？

「お前をここに引き留める代わりに、お前の義父を社会復帰させる対策班を作り、治療に当たらせる。ただお前に慰められているより、適切な医療措置を受けて回復し、再発を防いだほうがマシだろう」

「そこまでしなくていいです……私が家に帰れれば……」

だがグレイルは譲らなかった。

「明日の朝一番に医者を派遣する。そんな状態の『知人』を放っておけないからな」

そう言ってグレイルは、乱暴な仕草で寝台に腰を下ろした。

「来い」

エリーゼは立ち尽くしたまま首を横に振る。

「先ほど、調べさせた」

「な……何をですか？」

「ウィレム・バートンの目撃情報があるらしいな」

薄笑いと共に告げられた事実に、エリーゼは凍りつく。

「え……？」

どくん、と心臓が嫌な音を立てた。

「先ほど『調査班』に、ウィレム・バートンの消息情報を集めるよう指示したんだ。早速、半月ほど前に見かけたと、城に宝飾品を届けに来た商人が教えてくれた」

動けなくなったエリーゼは、無意識に寝間着の胸を強くかき合わせた。

――なんて早いの……そ、それもそうよね……王家の情報網は、あちこちを行き来する商人たちにも張り巡らされているもの……。

グレイルは、指一本動かす程度の労力で、そんなことすら軽々調べ上げることができる立場なのだ。

「ずば抜けて美しい男だ、目立つからな。富裕層らしき、黒髪で洒落髭の男と一緒で、何かを調べている様子だったと聞いた。引き続き情報を集めるよう指示してある」

――富裕層らしき黒髪で洒落髭の……ああ、ダリルさんのことだわ……私の知っているあの方と容姿が今のところ完全一致……。

エリーゼは震え始めた脚を叱咤し、ぎゅっと唇を噛んだ。

「なぜ、夫が無事かもしれないという知らせを喜ばない？」

グレイルの琥珀色の瞳が強い光を帯びる。

ますます脚がすくみ、エリーゼは言葉を失った。

「ウィレム殿を探し出して、お前が愛人業に応募するほど困窮していると伝え、連れ戻してやると言っているんだが？」

「い……いいえ……大丈夫です……大丈夫……」

挙動不審なエリーゼを射るような眼差しで見据えたまま、グレイルは低い声で命じた。

「……来い」

エリーゼは震えながら、グレイルの言葉に従ってふらふらと寝台に歩み寄った。

「彼が生きているとしても探してほしくない……そう言うことなのか？」

もう言い訳が思いつかない。エリーゼは意を決してこくりと頷いた。

「わかった」

静かな答えに、エリーゼはごくりと息を呑む。

——何がわかったの……？　ウィレムを探さないでくれるの？

「ではウィレム殿は死んだ、ということにしておいてやろう。お前は俺の愛人になれ。義父殿の件は先ほど言ったとおりだ。もう心配しなくていい」

「い……嫌……そんなことしたら、グレイル様のご評判が……悪く……っ……」

「嫌？」

グレイルが形のよい眉を上げ、嘲笑に似た笑みを浮かべた。

「嫌と言われても、お前に拒否権はない。俺は、妻を捨てて騎士団の業務を放り出し行方不明となったウィレム・バートンを、怪しいと思いつつ見逃してやる。お前はその見返りとして、俺に……女のよさとやらを教えてくれ」

——何言ってるの……！

グレイルの手が伸び、エリーゼの身体を軽々と引き寄せた。エリーゼはよろけて、座ったままの彼の身体に縋りつく。

「どいつもこいつも、新しい女を作れば心の傷は癒えると、同じことばかり言う」

——え……？

エリーゼはグレイルに抱かれたまま目を見開いた。

「癒えない傷に、好き放題塩を塗られているような気分だった。ガキだと言われようが、病気と説教されようが、絶対に嫌だ。もう結婚話など二度と俺に持ってこないでほしい」

うめくような声には、消しがたい苦痛が滲んでいた。

——私と結婚できなかったことが、お辛かったの……？　でも、婚約者候補から除外するという通知は、正式なお役所のものだったわ。留学中だったグレイル様の同意があったかはわからないけれど、後ろ盾も財産もなくした孤児の私が、王太子妃になれるわけはないと思ったの。王家のご決定には逆らえないって……。

エリーゼは言葉を失う。

別れの手紙からは、はっきりと彼の悲しみが伝わってきたし、エリーゼもひっそり彼を思い続けてはいた。

でも、時がグレイルの気持ちを癒やしたと信じていたのだ。

彼が未だに結婚しないのは、周囲のしつこさに嫌気がさしたからで、状況が落ち着いて、また好きな相手ができたら、グレイルはその女性を妻に迎えるのだろうと思っていた。

「俺は種馬ではない。結婚を強いられても無理なものは無理だ」

エリーゼの身体が震え出す。

失意と悲しみから立ち直り、よろよろと歩き出したエリーゼと違って、グレイルは、ずっとあの時間にとどまったままなのだ。

破談後にさらに心を傷つけられ、もう、立ち直れないほどにぼろぼろなのだろう。

そう思うと、胸が裂けるほどに痛んだ。

――私は、優しくて明るいウィレムと過ごしたお陰で、あの悲しみから立ち直れた。ウィレムが起こす恋愛がらみの騒動が多くて大変だけど、『奥さん』として姉さんを……ウィレムを守ろうって頑張って……前向きになれたわ。

でも、グレイルは違ったのだ。

「俺はもう、女に興味がない。結婚を拒むのも疲れた。だが、そのせいで、宮廷雀共に、同性愛者だの不能だのと言いたい放題言われているようなんだ。事実でもないことを言いふらされて、腹立たしくて仕方がない。今までは無視していたが……そうではない、それは偽りだと証明したくなった」

「な……なにを……っ……」

恐怖と申し訳なさと悲しさで震えが止まらない。

「……勘違いするなよ、もうお前に未練はない。これっぽっちも惚れてなどいない。お前は、人妻だったんだからな」

ざくり、と心に刃が食い込む。

——グレイル様は、もう私を好きではない……。

薄々わかってはいたけれど、胸を抉る言葉だった。

エリーゼの目からますます涙が溢れる。

「は……はい……」

だが、エリーゼは素直に頷いた。

グレイルが言いたいことは理解できる。誤解とはいえ愛人志願なんて、軽蔑されることもわかる。

でも、過去の優しいグレイルを知っているエリーゼの胸は、切り裂かれたように痛んだ。

「俺はウィレム・バートンのことを調べずにいてやる。だが、引き換えに、お前は俺に脚を開け。俺が女を抱けると証明するのを手伝うんだ」

「お、お願い、それだけは……許して……どうかおやめください」

今なら間に合う。

グレイルが『愛人を迎えるなんて馬鹿な真似はやめる』と宣言すればいいのだ。

そうすればグレイルの経歴は綺麗なままで、この話は終わるのに。

頤に手がかかり、エリーゼの顔が強引に上向かされる。逞しい腕に抱きしめられていることも忘れ、エリーゼは呆然と彼を見上げた。

「取引の話はどうする？　お前の夫が怪しい真似をしているのを見逃してやる、その代わりに、俺の愛人になれ。どうだ？」

エリーゼは嗚咽を堪えようと唇を噛んだ。

――ウィレムが怪しい真似なんて……！　いえ……していると思うわ。

再び目の前がぐらぐらしてきた。

もちろん、逃亡先で怪しげな真似はしているだろう。彼らは恋の逃避行中なのだから絶対にいちゃいちゃしているはずだ。確実に危ない。

――グレイル様に見つかったらすべてが終わってしまう……！

恐怖と焦りでどっと冷や汗が出た。

グレイルが言う『ダリルと何かを調べている様子だった』というのは、なんのことか皆目見当もつかない。でも、絶対に彼らのことを探らせるわけにはいかない。

エリーゼは覚悟を決め、ぎゅっと拳を握りしめる。

抗わないエリーゼの態度に満足したのか、グレイルが冷たい声で言った。

「俺との取引を受け入れるなら、お前から俺に口づけしろ」

エリーゼは恐怖に身体を強ばらせた。

――ウィレムを守らなければ。大丈夫、私、殿方を喜ばせるようなことは何もできないし、きっとすぐに飽きてくださるはず。

そう言い聞かせながら、人生は皮肉なものだと思った。

あんなに好きだった人から、道具のように扱われるなんて……。

――仕方ないのかもしれないわ。だって私、とても不運だから……。

両親の優しい顔が浮かぶ。心が元気だった頃の伯父の姿も、優しいウィレムの悪戯っぽい笑みも。頑張って続けようと思っていたお針子の仕事も……全部どこかへ行ってしまった。

これも運命なのかもしれない。エリーゼは震える手を上げ、グレイルの引き締まった唇に、自分の唇を押しつけた。

グレイルの身体がびくんと揺れる。どうしたのかな、とは思ったが、エリーゼもまったく余裕がないまま、必死に唇を合わせる。

――位置がずれたわ……鼻もぶつかってしまって……。

自分から口づけした経験などなく、どうしていいのかわからない。息を止めて唇を押しつけてどのくらい経っただろう。

――い、息……苦し……っ……！

グレイルが慌てたようにエリーゼの身体を引き離し、肩で息をしながら言った。

「く、口づけは、こんなに長くしなくていい、のでは……？」

彼も限界まで息を止めていたようだ。申し訳なくなり、エリーゼも大急ぎで酸素を供給しながら謝った。

「ご……ごめん……なさ……」

「いや、待て、鼻をずらして唇を重ねればいいんだ、いいか、次は鼻で呼吸してみろ」

グレイルが真面目な口調で教えてくれたので、エリーゼは素直に頷き、もう一度顔を傾けて、唇を押しつけた。

なんだか今の口調は、幼い頃に不器用に世話を焼いてくれたグレイルとよく似ていた。

懐かしくて胸が締めつけられる。

優しかった彼を思い出すのは、やはりとても辛い。

「ん……」

グレイルの言うとおりにしたら、口づけしながらでもちゃんと息ができた。

さっきは緊張しすぎてしまった。

だが、唇を押しつけているだけで、本当に接吻になっているのだろうか。

――わからないわ！　どうしよう！

こうして唇をくっつけていても、緊張感しかない。

本当に恋人同士は、これで胸がときめくのだろうか。

グレイルも変だ。彼の腕はエリーゼの背中のほうに回されているが、少しもエリーゼの身体に触れていない。

触れる手前で静止しているようだ。

何をしているのだろう。抱きしめなくていいのだろうか。

——私のことなんて、もう抱きしめたくないのかも……。

悲しく思いつつも、不安のほうが増してきた。

——私のしている口づけは正しいの？　経験ある人妻の口づけになっているの？

エリーゼは唇を重ねたまま必死で頭を巡らせる。

あまり不慣れだと思われると、『お前は夫と何をしてきたんだ』と疑われそうだ。

何もしていない……なんて知られたら、芋づる式にウィレムの秘密が知られてしまう。だが何か、口づけに関する情報が頭の中に残っていないだろうか。

——あ……！

必死で頭の中を探っていたら、過去にうっかり垣間見てしまった、ウィレムと恋人の接吻の光景が、記憶の底から飛び出してきた。

ウィレムは庭の木陰で自分より逞しい恋人を木に押しつけ、唇を奪っていた。彼らの交わしている接吻は、今の自分たちがしているのとはまるで違う、妖艶なものだった。

——そ、そうだ、唇を離したときに、舌が出ていたわ。多分舐めていたの、唇を。

いいことを思い出せた。ああすれば、きっと経験者だと思ってもらえる。

エリーゼはおそるおそる、グレイルの唇を舐めた。

中途半端に動きを止めていたグレイルが、再びぎくりと上下に身体を揺らした。

どうしたのだろうと思うが、気遣う余裕がエリーゼにはない。

——それから……それから……！

エリーゼは必死に、ウィレムの妖艶な口づけを思い出した。

『嫌ぁ！　恥ずかしい！　見たの？　私が男のコ食い散らかそうとしてるところ見た？ヤダ！　エリーゼの前では逢い引きしないわ！　今度からは家に彼氏が来ても追い返すから絶対！』

などと口では殊勝なことを言うものの、恋と欲望に弱い彼のこと……召使いを帰らせた夜などに、家の庭でよからぬ光景を何度も繰り広げていた。

うっかり見かけてしまうたび、とても恥ずかしかった。ウィレムは恋多き女なので仕方がないのだけれど……。

——覗き見てしまったことが、役に立つ日が来たかもしれないわ。

初心な箱入りお嬢様だったエリーゼに、接吻している『本物の恋人同士』の姿を見せてくれたのは『姉さん』だけだ。

エリーゼは、自分が追い詰められている自覚を持つ余裕もないまま、かつて目にした光景どおりに手を動かす。

——わ、私は、処女だと思われるわけにはいかない。ちゃんと……したことがあるって思われないと……！

ウィレムがしていたように、不自然に静止したままのグレイルの胸を指先でつっと撫で、手を下のほうに下ろしていき、そして、ぎゅっと目を瞑って覚悟を決める。

——握らせて……いただく……。

朝早く通ってくる使用人に不審がられないよう、ウィレムとは毎晩一緒に寝ていた。そのときウィレムが教えてくれたのだ。

『朝、どうしても勃（た）っちゃうのよ。女性の月のものと一緒なの』

『そうなの？　朝だけそうなってしまうの？』

通常、貴族の娘の嫁入り教育が始まるのは十六歳前後だ。

それより前に両親に先立たれ、男性に無知なエリーゼのために、ウィレムは恥を忍んで教えてくれた。

『えっとね……朝以外は発情するとこうなるの。これが勃たないと、夫婦のこと、つまり子作りができないのよ……わかる？　女学校で遠回しに習ったでしょ？』

赤くなって頷くと、ウィレムはほっとしたように言ってくれた。

『エリーゼ、貴方は男がこんなふうになって迫ってきたら逃げなさい、蹴っていいわ！　それでもしつこくつきまとうようなら、私がぶっ飛ばしてあげるから。でも好きな人と愛し合うときは、たとえ勃っていなくても優しく握ってあげるのよ』

——好きな人なら握ってあげる……。

あれを……覚悟を決めて、握るのだ。ウィレムも慣れた手つきでそうしていた。

どくん、どくん……と心臓が大きな音を立てる。

──本当に……いいの……？　失礼ではない？　大丈夫なの？　いきなり触ってグレイル様の心を傷つけたりしない？　わからないわ！

恐慌状態に陥りながらも、エリーゼは自分に問う。

いいのか駄目なのかの判断もできないが、経験ある人妻と思われたいなら、やるしかない。

エリーゼは唇を離し、勇気を出して、それをそっと握った。

──ああ……神様……。

意外と大きくて、熱くて硬い。朝ではないのに勃っている。

──つまり……は、発情して……くださって……いる？

そう思うと同時に、グレイルの呼吸と鼓動が一瞬完全停止したのがわかった。

立ったまま突然死んでしまったのかと焦り、エリーゼは慌てて唇と手を離す。

「グレイル様！　大丈夫ですか！」

だが答えはなかった。エリーゼの身体は勢いよく寝台に押し倒されたからだ。

「きゃ……」

そのままエリーゼの唇が奪われる。先ほどの『どうやってくっつけるのかな？』という口づけとは違う。

優しく触れた唇が、感触を味わうように唇をついばんでくる。同時に舌で愛おしむように舐められて、硬直していたエリーゼの身体から、すっと力が抜けた。

頭も運動神経もずば抜けていいグレイルは、一度学習しただけで口づけのなんたるかをしっかりと理解したに違いない。

きっと恋人同士はこうやって唇を合わせるから、幸せなのだ。そう思わされるような口づけだった。

——グレイル……様……？

組み敷かれ、唇を奪われたエリーゼの寝間着に、グレイルの手がかかる。

——あ、じ、自分で脱がなくては……！　教育係……なのよね？　自分で脱がないといけないのよね？

エリーゼは慌ててグレイルの手を押し返す。

——ウィレムが……彼氏さんに取っていた態度を思い出して、ちょっと大人っぽく堂々とすれば、色恋の経験があるように見えるかもしれない！

果たして『魔性の男』『僕の人生を食いつぶした悪魔』『姫に俺のすべてを捧げる！』などと元恋人たちや現恋人から呼ばれているウィレムの真似が適切なのか……。

ちらりと不安が過ったが、他の手段が思いつかない。

エリーゼはゆっくりとグレイルの身体の下から抜け出し、寝間着に手をかけて、ゆっくりと襟元を開いた。

「自分で脱ぎますわ」

気合いを入れたので、冷静な声が出た。

ウィレムがしていたように、落ち着き払った顔で、ちょっと焦らすようにすれば、大人っぽい感じに見えるのかな、と思ったからだ。

――あ……！

扇情的な寝間着が、勢いよく肌を滑り落ちる。襟元を開いてゆっくり覚悟を決めて脱ぐつもりだったのに……襟元をちょっと広げた拍子に、勝手に帯が解けてほぼ脱げた。

生地がつるつるすぎるのが悪いのだ。

しかも下着は、下しか身につけていない。派手すぎて、着用したくなかったからだ。それにもう眠るだけだからと油断していた。

――い、い、嫌……胸が丸見え……嫌……っ……！

今までのエリーゼなら悲鳴を上げて毛布をかぶり、虫のように丸まって絶対に外に出なかっただろう。だが……。

――わ、私は、経験があるから、経験があるから……落ち着いて……。

動転のあまり、自分のほぼ裸体に近い身体を見下ろし、呪文のように繰り返していたエリーゼは、近づいてくるグレイルの気配に気づかなかった。

「え……」

目を丸くしたエリーゼの身体が、ふかふかの寝台に押し倒された。

「あ……っ！」

身体にまとわりついていた寝間着が勢いよく剝ぎ取られ、どこかに投げ捨てられた。今のエリーゼは上半身裸で、下も妙に布の少ない下着しか穿いていない。

「美しいな、俺の数千回の妄想より、実物の……お前のほうが……」

うめくような声だった。

——数千回の、え？　なんておっしゃったの……？

グレイルは片手でエリーゼの片手首を押さえたまま、もう一つの手でエリーゼの肌をまさぐる。あまりの恥ずかしさにはしたなく息が乱れた。

「い、嫌、駄目……ッ……」

誰にも触らせたことのない胸の膨らみに指がかかり、エリーゼは身体を震わせた。

——あ、ああ……どうしよう……！

指は恐れるように膨らみを辿り、その頂点でぴくりと止まった。口づけされ動きを奪われたまま、エリーゼは身じろぎした。

グレイルの指は柔らかな肉の感触を確かめるように、片方の乳房を丹念に辿っている。

恥ずかしい。くすぐったい。それに、今まで感じたことのない異様な熱さが、身体の奥に生じて落ち着かない。

「だ、駄目、触らないで」

「こうやって、男を誘った挙句に焦らす方法も、ウィレム殿に習ったのか」

「え……？」

エリーゼは、ウィレムと恋人の艶めかしい顔を思い出し、反射的に『どうして知っているのですか！』と叫びそうになった。

だが、すんでのところで呑み込む。

——危ないわ……！　今の質問は『ウィレムが接吻しているところを見たのか？』という意味ではなくて『彼と私がこうやって愛し合ったのか？』という問いよ……！

ギリギリで踏みとどまれたことに安堵した。だが綱渡りであることに変わりはない。

いつどこでグレイルに勘づかれてしまうかわからなくて怖い。

慌てすぎて目を白黒させるエリーゼに、グレイルは言った。

「誤魔化さなくてもいい。お前はこんなに綺麗なんだ、あの男もさぞ……もういい！」

グレイルの口調には激しい怒りが滲んでいるように思えた。眼差しは鋭く、険しい。そして何を言っているのかさっぱりわからない。

——やはり怒っていらっしゃる？　私がいきなり握ったから、無礼だと……。

大変な後悔が込み上げたが、後の祭りだ。

「ここも、この場所も、全部……あの男が触った後なのか」

大きな手が肌を滑り、エリーゼの呼吸が乱れ始めた。

「あ……あっ……だめ……くすぐった……っ……あ……」

グレイルの不器用で、それでいて妙に優しい指から逃れようと、エリーゼは涙ぐんで身をよじった。

ため息と共に、グレイルの手が腰のくびれをなぞる。

「どこもかしこも完璧に綺麗なんだな、お前は。だが、胸以外、肉が薄すぎる」

「う……」

エリーゼは思わず眉をひそめる。胸が大きいことは若干気にしているのだ。

今は痩せた娘が、身体にぴったりのドレスを着ることがもてはやされているし、胸が大きいだけで変質者が寄ってくるから嫌なのだ。

「俺に褒められても、別に嬉しくない……か」

自嘲するように独りごちて、グレイルが再び腰と、脚の付け根を撫でた。

もうすぐ下着で隠されている場所まで触られそうだ。

当然『閨のご指南係』として、これからたくさん触らせねばならないのだけれど……でも、身体が勝手に逃げようと動いてしまう。

「い、いやぁ……そんなところを触っちゃ……あぁっ……」

「お前は、ウィレム殿にはそんな甘い声を聞かせたのか……ッ……」

グレイルが何かを言いかけ、ギリッと歯を食いしばったのがわかった。

突然グレイルに抱きすくめられ、ほぼ裸のエリーゼは反射的に広い背中にしがみついた。

放心状態のエリーゼの耳に、グレイルの声が届く。

「すまないが、脚を開いてくれ……抱きたい……なるべく優しくする……だから……」

低い声で懇願され、グレイルにしがみついたまま、こくりと頷く。恥ずかしさと恐怖で頭の中は真っ白だ。

いろいろ考えていたはずだが、何も案が出てこない。グレイルが弾かれたように起き上がり、先ほど寝台の脇の机上に置いた瓶を取り上げた。

「これが潤滑剤というものだな？」

エリーゼは慌てて剝き出しの胸を隠す。聞かれてもわからないし、どうしていいのかわからない。紙に書いてあった指示がさっぱり浮かばないのだ。

「脱がせるぞ」

瓶をエリーゼのすぐ傍らに投げ出し、グレイルが下着に手をかける。最後の一枚まで脱いだ姿を見られるなんて、恥ずかしくて死にそうだ。

布の少ない下着がするりと脚から抜き取られ、半身を起こしていたグレイルが、ごくりと喉を鳴らしたのがわかった。

エリーゼの脚に大きな手がかかり、無遠慮に開かれる。裸身をさらすだけで気を失いそうなのに、脚を開かれて、絶対に人目にさらさないはずの場所を暴かれて、目の前が白くなった。だが、逃げようにも恐ろしさのあまり身体に力が入らない。

脚の間に陣取ったグレイルが、先ほど投げ出した潤滑剤の瓶を開けて、中身の軟膏を手に取る。

そして、エリーゼの痩せた手首を引いて、指先に軟膏をなすりつけた。

「これを使ったほうがいいんだろう？　指南書には処女用だが、久しぶりの場合や相手の男が変わる場合も使ったほうがいいとあった」

「え？　指南書……って？」

「いや、なんでもない」

説明はきっぱりと拒否された。

「ほら、自分で塗れ。俺が不躾に触るよりいい」

「あ……あ……っ……」

――こんな姿を……恥ずかしくてもう耐えられない……。

グレイルに手を引っ張られ、否が応でもエリーゼの手は自身への秘所へと導かれていく。

起き上がって振り払う力も出ない。

強引に開かされた脚の間、薄い金の和毛に覆われた場所に、己の軟膏まみれの指が押し当てられる。

「あ、あ……見ないで……嫌……」

悲鳴のような声で抗うと、グレイルが慌てたように目を瞑った。

「わかった、見ない」

相変わらず、こんな状況でも誠実なグレイルに、ほのかな愛おしさを覚えた。

運がよければ、夫婦として幸せに彼と肌を合わせる日を迎えていたのだろうか。

考えても辛いだけだから、考えないほうがいいのだけれど。

「……っ……う……」

グレイルの手で己の手を押さえつけられたまま、エリーゼは意を決して和毛の奥へと指を滑らせた。

――ここが入り口……のはず。ここに塗れば……いいはず……。

羞恥で身体中が燃え上がる思いだ。

エリーゼは息を止めて、閉じ合わさった場所で指を動かした。受け入れる場所に伸ばせばいいとわかるのだが、指が震えてうまく塗れない。

「塗れたか？」

律儀に目を瞑ったままのグレイルに聞かれ、エリーゼは慌てて指を奥へと滑らせる。

――どうして……こんなことに……。

自分の運命の歯車の壊れっぷりは痛いほどに理解していたつもりだけれど、やはりこんな展開はありえなすぎる。

雇い主に頼まれて赤ちゃん用のくるみボタンを届けに来ただけなのに。その日の夜には、王太子殿下の下に全裸で組み敷かれて、こんな目に遭うとは。

――ありえないし、こ、こんなこと、無理……だし……。

エリーゼは半泣きで訴えた。

「奥まで……塗れ……ない……です……届かない……」

蜜口のあたりに、硬い軟膏がとどまっている。それが身体の熱で溶け、粘膜の内側にじくじくと掻痒感をもって広がっていく。だが、奥まで塗れた気がしない。

「では……俺が……塗る……」

目を閉じたグレイルが、思いつめた声で言った。

まれた。

問い返す間もなく、エリーゼの指に重なるようにして、グレイルの指が湿った中に押し込

「な……っ、あぁぁっ！」

「ん！　う……ッ……！」

はしたない大声を上げそうになり、すんでのところで堪える。

「もう少し奥まで、薬を入れてみよう」

グレイルの声が遠くに聞こえる。脚の間の濡れた場所に指が押し込まれ、エリーゼの中がぎゅっと狭窄した。

探るようにゆっくりと指が奥へ沈んでいく。

「あ……んっ……」

エリーゼにはもう抗う力はなく、されるがままにその指を受け入れた。

——いや……恥ずかしい……っ……。

いつの間にかエリーゼは、グレイルのシャツの背を力いっぱい摑んでいた。塗られた潤滑剤がお腹の奥まで広がり、じくじくと熱を帯びて、その部分を痺れさせていく。

——この薬は本当にただの潤滑剤なの？

もちろん、王太子と肉体関係を持つ予定のエリーゼに処方されたのだから、毒ではないと思うのだが、異様に熱くてじんじんと痺れる。

——そういえば、グレイル様が楽しめる成分を入れたとか……？

恥じらいとは別に妙に息が荒くなるな、と思いつつ、エリーゼは内心で首をかしげる。自分にしか効いていないのに、なぜグレイルが楽しくなるのだろうか。

その瞬間、エリーゼの腰が勝手に跳ねた。グレイルの指が薬を粘膜に塗りつけるかのようにぐるりと動いたからだ。

「あぁあっ」

一拍置いて、ずくんと下腹部が脈打った。

指を咥え込んだ場所から、どろどろと熱い蜜が滴ってくる。

「ぐ、グレイル様、お指を」

熾火のように広がっていく熱に耐えかね、もじもじと腰を動かしながらエリーゼは懇願する。実直に目を瞑ったままのグレイルが息を吐き、ゆっくりと濡れそぼったそこから指を抜いた。

そのまま半身を起こしたグレイルは、纏っていた服を脱ぎ捨て、床に投げた。

見事に引き締まった肢体が露わになり、エリーゼは慌てて目をそらす。そのとき、床上でぐしゃりと丸まった衣装が目に飛び込んできた。

――いけないわ、お召し物がしわになってしまう！

衣装店勤務のエリーゼとしては、最高品質の王太子の服が傷むのは見過ごせない。だが、手を伸ばし身を乗り出したエリーゼの身体は、そのまま寝台に引き戻された。

「グレイル様、上着が……ン……ッ……」

「上着などどうでもいい、わざと焦らし抜いているのか、お前は」

組み敷かれ、貪るように唇を奪われて、エリーゼはぎゅっと目を瞑る。

グレイルは片手で己の身体を支えたまま、もう一度エリーゼの脚の間に手を伸ばしてきた。唇を割ってグレイルの舌が侵入してくる。同時に、濡れ始めた場所をもう一度長い指が押し開いた。

「ん、う……っ」

もがいてもエリーゼの身体は解放されなかった。

――ああ……駄目……。

指がゆっくりと陰唇を開き、感触を確かめるように優しく行き来する。

エリーゼが慎みを忘れ、愛人候補に立候補してきたと大激怒のグレイルも、身体まで傷つけるつもりはないのだろう。

グレイルの舌が遠慮がちにエリーゼの舌に触れた。

――何を……？

戸惑いつつもエリーゼは必死にグレイルの行いを受け入れた。遠慮がちだった指は、執拗なまでにエリーゼの中を暴き、狭い場所を広げようと蠢いた。

「ん、ん……っ……！」

指に弄ばれるたびに、エリーゼの腰は揺れ、開いた脚が虚しく敷布を蹴る。

膣の中に染み込まされた『グレイル様がお楽しみになれる成分』が、身体中を異様に火照らせているのがわかる。

――駄目、どうして……こんなに……濡れてしまって……。

身体の熱を逃がしきれず、息がどんどん荒くなっていく。

愛撫されている蜜窟が、指が動くたびにひくひくと痙攣し、より一層蜜を滴らせた。

――おかしい、私、こんなに、熱くて……！

グレイル様がお楽しみになれる成分というのは、不慣れな女が性交で快感を得、いい反応を見せるための媚薬ではないだろうか、と気づいたが、今さら気づいても遅かった。

どのくらい舌と指で弄ばれていただろう。

ふと、グレイルが唇を離し、指を抜いて、震えるエリーゼの膝裏に手をかけ、脚を大きく開かせた。

「いやあああっ！」

馴れた人妻のふりをしようという誓いも、一瞬で頭から吹っ飛んだ。

「嫌、いやぁ……見ないで、あぁぁっ」

大きく脚を開かれ、秘部をさらされている上に、グレイルは身体を起こしてその場所を凝視しているではないか。

「あ……あ……っ……」

エリーゼはガタガタ震えながら、屹立しているグレイルのそれに視線を注ぐ。

――お……大き……い……。

無理だ、絶対に無理、あれは無理だ、頭の中に同じ言葉がぐるぐる回る。

グレイルは何も言わずに再びのしかかってきて、濡れそぼった秘密の場所に、肉槍の先端を押しつけた。

「入れるぞ」

グレイルの声は余裕を失ったようにかすれていた。もう身体がすくんで動けない。エリーゼは無言でこくこくと首を縦に振った。

――あ、やっぱり、無理……！

多分、この場所は、こんなに大きなものを入れられるようにはできていない。だが、恐怖に任せて暴れたら、絶対に不審がられる。エリーゼは無我夢中で寝台の敷布を掴み、唇を噛んだ。

「キツいな」

「だ……大丈夫……ん……く……」

今までに感じたことのない違和感だった。

怪しい潤滑剤とグレイルの指で丹念にほぐされたそこが、強引にこじ開けられる。

だが予想に反して痛みは弱かった。薬のせいでじんじんと痺れていて、無理矢理押し広げられることが心地よいくらいだ。

けれどこのまま貫かれたら、お腹の中がどこか破れてしまうのではないかと思える。

自分がどこまで耐えられるのか、これ以上痛いことにはならないのか……何もかもわからず、怖くてたまらない。

「い、いや……怖……」

「すまない、エリーゼ、何か変か？　……俺が下手だからだな」

「あ、あ、下手じゃ……な……あぁ……っ……」

溢れ出す蜜に助けられ、グレイル自身がずぶずぶと中へ沈んでいく。無意識に腰が逃げそうになるけれど、身体を押さえつけられていて逃れられない。

「やだ……っ……や……」

エリーゼはグレイルの肩に額を押しつけ、悲鳴を押し殺した。

身体が勝手に、無情な侵入者を拒もうと硬くなる。だが、杭はゆっくりとエリーゼの身体を貫いた。

無防備な接合部に硬い毛の感触を覚えた。

——全部……入った……。

エリーゼはほっとして、強ばった身体の力を少し抜く。鈍い痛みを痺れの間に感じ、震えは止まらないが、大丈夫のようだ。

「痛いのか？」

「き、今日は……少し……」

こんなに汗だくで苦痛のうめきを漏らしつつ『平気』と言っても、嘘だと見抜かれてしまう。

「そうか、悪い、でも……やめられない……」

「は、はい、大丈夫……ん」

奥まで呑み込んだ杭が、不意にずるりと動く。

「……嘘みたいだ、お前を抱けるなんて」

ゆっくりと肉槍を前後させながら、グレイルが小さな声で言う。

「なにを……おっしゃって……」

譫言のように問い返しながら、エリーゼは抑えがたい違和感に必死に息を整えた。

肉杭が前後するたびに、彼を咥え込む襞が勝手にずくずくと収斂する。

目がくらむくらいに熱くて苦しくて、得体が知れないほど、気持ちがいい。

「いや、今のは独り言だからな。……男は、共寝の最中に余計な寝言を言う。だが、聞かなくていい。俺がお前を抱いている最中に何を言っても聞かずに忘れろ。命令だ、いいな？」

強い口調で命じられ、エリーゼは懸命に頷いた。

「……お前は、こんな可愛い身体で、愛人業になんて応募したのか？　何を考えている、馬鹿、もの知らずすぎて、腹が立つ」

苛立たしげに吐き捨てたグレイルの動きが速くなる。ぐちゅぐちゅという淫らな音が次第に強くなっていった。

「い……っ……」

エリーゼは顔をしかめ、突かれるたびに感じる圧迫感に耐える。ずん、ずんと押し上げられるたびに、口から内臓が出るのではないかと思う。

――やっぱり……大きい……。

切れ切れのうめき声を漏らし、エリーゼは枕の端をぎゅっと摑んだ。

グレイルが動くたびに身体の場所がずれて、そのうち寝台の天板に頭をぶつけてしまいそうだ。

「ごめん……俺にちゃんと抱きついて」

エリーゼは頷き、グレイルの広い背中に手を回す。生まれて初めて裸の男性に抱かれ貫かれ、もうなにも考えられない。

「脚を開いて、もっと奥まで入れさせてくれ」

エリーゼは言われるがままに、淫らな姿でグレイルを受け入れる。グレイルの腕がエリーゼの頭をそっと抱き寄せた。

「……っ……痛いか……？」

余裕のない声音だった。

必死に悲鳴を押し殺していたエリーゼは慌てて首を横に振る。

「そうか……よかった……」

言葉と共に、耳に口づけされる。優しい口づけの感触に、エリーゼのお腹の奥がずくんと疼（うず）き収縮した。

――い……いや……何これ……っ……！

これまでに感じなかった激しい熱が、エリーゼの身体を駆け巡る。

全身の血が、一瞬に色を変え、悦楽をもたらす物質に変わったかのようだ。

「あ……あぁ……動いちゃ嫌……っ……」

そう訴えると、エリーゼを抱く力がますます強まった。

「我慢できるか？　やめるのは無理だ」

「だ……だって……こんなの……う……ん……」

言葉を封じるように唇を塞がれる。

抽送は貪るような激しさに変わり、エリーゼは未知の快楽に背を反らす。

「ん、う……んっ……」

繋がり合った場所からしとどに蜜が滴り落ちる。

「う……う……っ」

執拗に接合部を擦り合わされ、激しい刺激に下腹部が波打つ。エリーゼは無我夢中で、足の指で敷布を摑んだ。

肉杭を咥え込んだ場所が、別の生き物のようにうねり蠢く。同時に目もくらむような快楽が、エリーゼの初心な身体を翻弄した。

エリーゼの大きく開いた両脚がガクガクと震え出す。グレイルを呑み込んだ場所は強くうねり、硬く逞しい彼自身を絞り上げるようにひくついた。

「……すまない……このまま果てたい……」

グレイルが唇を離し、絞り出すような声で囁きかけてきた。

頷いたエリーゼと額を合わせて、グレイルが激しく胸を波打たせながら、かすかに苦しげな声を漏らした。

エリーゼの一番奥を突き上げる熱塊が、お腹の中でドクドクと脈打つ。長く走った人のように苦しげな呼吸を繰り返した後、グレイルが言った。

「俺は、本当にお前が好きだった」

思わず漏らした、とばかりの自信なさげな小さな声だった。過去に彼が向けてくれた愛情を思い出し、エリーゼの胸が切り刻まれる。

エリーゼの視界が涙で歪んだ。

——そんなこと……言わないで……グレイル様……。

もう終わったことなのに、取り返しがつかないのに、そんなことを言われても苦しい。

エリーゼとの繋がりを解かぬまま、グレイルが悲しげな声で続ける。

「お前はもう俺の記憶など削除したのだろう、愛人業に応募してくるほどだからな……。だが、俺は消していなかったんだ」

かすれた声に、心がひりひりと痛む。

『どうしてこうなったの、私の人生は、どうして……』

そう叫びたかったが、かろうじて呑み込めた。

今までどんな理不尽も呑み込んできたのだ。これからだって、大丈夫のはず。そう言い聞かせても、心の軋みがどうしても消えない。

——私も……消していません……。

何も言えないまま、エリーゼは唇を噛んだ。

——消していません……グレイル様との思い出は、何一つ……。

エリーゼの目尻から涙が伝い落ちた。

——でも、こんなことをする相手が、グレイル様でよかった……。

脳裏にそんな言葉が浮かんだ。

理由は滅茶苦茶だったけれど、初めて抱いてくれた男が、彼でよかった。

目を閉じたエリーゼの身体からゆっくりとグレイルが離れた。涙を隠そうとさりげなく顔を覆うと、グレイルの手が足のつけ根あたりと、お尻のあたりを執拗に撫でている。

——まだ何か……。

戸惑って目を開けると、起き上がったグレイルがうっすら赤く汚れた指先を見て、愕然とした表情を浮かべていた。破瓜の血に気づかれてしまったのだ。

——いけない……驚かせてしまったわ……!

慌てて起き上がろうとすると、グレイルが汚れていないほうの手でエリーゼの身体をぐいと寝台に押しつけた。

「動くな！　こんな出血はおかしい」

「い、いいえ、あの、あの……っ……」

昔から心配性すぎるきらいはあったが、今も変わっていないようだ。エリーゼは首を横に振ったがグレイルは取り合ってくれなかった。

「身体を休めていろ、すぐに医者を呼んでくる」

——や、やめて……っ……普通の出血なのです、グレイル様……！

気を失いそうになった。

王太子様の閨のご指南係を引き受けたことにされ、頭を打ってひっくり返り、愛人宣言でひっくり返り、変な下着や寝間着を支給され……それを着てグレイルに抱かれたのだ。

今日一日で一生分の驚き体験をした。

これ以上恥をさらすのはもう勘弁してほしい。

エリーゼはグレイルの手を振り払って起き上がり、彼の引き締まった裸体に縋りついた。

「大丈夫です！」

「何が大丈夫なんだ！」

怒りを見せるグレイルを置いて、エリーゼは胸と秘部のあたりを手で隠したまま、寝台から立ち上がった。

「このように……立ち上がれますし、もう血は出ていません。なんともありません」

羞恥のあまり、耳までじりじりと熱くなる。

——どうしてこんなに……恥ずかしいことばかりが……。

目を潤ませたエリーゼの様子に、グレイルがはっとなった。

「……わかった。すまない」

グレイルは立ち上がり、エリーゼの手を取って寝台に座らせ、投げ出した上着を拾って、肩にかけてくれた。

「少し待っていろ」

残りの衣服を手早く身につけたグレイルは、そう言って大股に部屋を出ていった。

──何をなさるの……?

エリーゼは寝台の上に座り込み、上着の前をぎゅっと合わせた。品のある爽やかな香りが漂ってくる。

──あ……いい匂い。グレイル様も香水を纏われるお年になったのね……。

グレイルが選んだのであろう香りは、控えめで濁りがなく、エリーゼの心を落ち着かせてくれた。

咲きたての青い花を摘んで、清らかな水に浸したような香りにしばし心が慰められる。

じっとしていたら、グレイルはすぐに戻ってきた。手には洗面器を持ち、腕にも色々な布をかけている。

グレイルは、彼の上着を羽織ってへたり込んだままのエリーゼに歩み寄り、抱き寄せて、こめかみに口づけをした。

「寒くなかったか」

恋人にするかのような情細やかな仕草に胸が痛む。

きっと彼は、くたびれきっているエリーゼを哀れに思い、こうやって優しく振る舞ってくれたのだろう。言葉はきついが、どんな相手にも基本的には親切なのだ。

「これで身体を拭け」

グレイルは洗面器に満たしたお湯で布を絞り、エリーゼに差し出した。

「見ないから」

彼はエリーゼの手に絞った布を渡すと、律儀に背を向けた。半泣きで受け取ったエリーゼは無言で汚れた身体を拭う。

――どうして……こうなったのかしら……。

ごわごわした硬い布で拭っている最中にぼろぼろ涙が溢れてくる。

グレイルとは再会しないほうが幸せだったのだ。

少なくともエリーゼはそうだ。

彼のその後のことを深く知らず、きっと今も幸せにやっているとぼんやり考えながら、淡々と日々を送りたかった。

――私は愛人業になんて応募していない。だけどそれを言ったら、またウィレムを探す話が蒸し返されるかもしれない。

この国の異端者への禁忌意識の強さを思うたび、怖くて仕方がなくなる。

ウィレムが偽装結婚を図ってまで、性癖を隠したかった気持ちが痛いほどわかる。この国はそのくらい『道を外れた人』に厳しい。

同性愛者が棒で叩かれていても『異端なんだから仕方がない』と見て見ぬ振りをする人が大半のお国柄だ。

ウィレムをあんな目に遭わせたくない。

彼は、生まれたときから、エリーゼの大事な従兄だった。

『性癖を隠すのに都合がいい』という理由はありつつも、真っ先にエリーゼに助けの手を差し伸べてくれ、ずっと守ってくれたウィレムのことだけは絶対に守りたいと思うのだ。

――ウィレムが帰ってきてから苦しむような真似だけはできない。

エリーゼは嗚咽を噛み殺し、先ほどまで二人の身体の下でしわくちゃにされていた下着と寝間着を身につけた。

塔の部屋は寒い。こんな透けたものではなく、もっと清潔で温かい寝間着が欲しい。家に取りに帰ることも許されないのだろうか。

――惨めだわ……私……。

「終わったか」

振り返ったグレイルが、泣き顔のエリーゼを見てギョッとした顔になる。

美しく男らしい顔に、みるみる絶望の色が滲んでいく。

――どうなさったの？

エリーゼはしゃくり上げながら、慌てて涙を拭った。驚くエリーゼの目を見ながら、グレイルがゆっくりと後ずさっていく。

「……今日は、もう休め。ご苦労だった」

「グレイル様……？」

エリーゼの手から絞った布をひったくり、道具をまとめて、グレイルは足早に部屋を出ていった。

再び、滂沱の涙が溢れ出す。

――ご苦労って……仕事みたい……そうか、今の、私の仕事……なんだ……。

小さな頃、初めて会った日に、グレイルは転んで泣いたエリーゼを抱き起こし、ぎこちなく助けてくれた。

あの日から、彼とはどんどん仲良くなれた。

けれど今は、反対だ。二人の関係が悪化していく予感しかしなくて、たまらなく辛い。

――繰り言を言ったら、余計に私が惨めになる。

涙を拭い、エリーゼはそう自分に言い聞かせた。この状況は『どうしてこうなったの』としか言いようがない。

だが、人生にはそのようなことがたくさん起こると、エリーゼは知っている。

偽装結婚した夫が男に誘拐されたことも、両親を突然失ったことも、グレイルに求婚されたことも、中級貴族なのに婚約者候補としてお城に呼ばれたことも、思えばすべて『人生を変えるような大事件』ばかりだった。

たびたび運命の大波にさらわれても、エリーゼはまだ生きている。

――今回も、もう少し頑張ってみたら乗り越えられるかも。取り乱したら気力をなくしてしまう。これまでの経験でわかっているでしょう……？

エリーゼは深呼吸をして、枕元の避妊薬を吞み下し、毛布に潜り込んで目を瞑る。

――寝ましょう……。

考えても悪いことしか浮かばないときは、考えて体力を消耗しないほうがいいのだ。

寝台の中はグレイルの匂いが残っていた。残り香に包まれると幸せな気分になる。

やはり自分はまだ、彼に惹かれているのだと、ありありと実感した。

エリーゼにとってグレイルはとても大事な人だ。

グレイルにとっては、憎たらしい女になってしまったかもしれないけれど、それでもエリーゼの心の中では、彼は宝物で、変わらない。

大事な人が生きているというのは奇跡だから、あまり彼の前では嫌な顔をせずにいよう。

――おやすみなさい、お父様、お母様。それにウィレム、どうか今は帰ってこないでね。

ちょっと修羅場になってしまったから……。

そう祈りながら、エリーゼはいつしか眠りについていた。

◆

エリーゼの部屋を出た後、グレイルはまっすぐに浴室に向かう。

上着を着ていないことに気づいたが、構わずに服を脱ぎ捨て、浴場に入った。そのまま、湯は使わず、身が縮むほど冷たい水をかぶる。

歪んだ恋情が成就した喜びなど、まったく感じない。

抱いても自分が傷ついただけだった。血が出るまで無理矢理犯されたエリーゼはもっと傷ついたのだろうと思うと、どうしていいのかわからなくなる。

――頭を冷やせ……!

冷水を滴らせながら、グレイルは血が出るほどに唇を噛んだ。

『人妻を愛人に迎えるなど、道徳を考えろ。人の手本になるべきお前が何を考えている』

父の怒鳴り声を思い出すたびに、屈辱と悔しさが込み上げる。

――エリーゼにすぐに助けの手を差し伸べてくれと……俺は……頼んだはずだ……。どうしても帰れないから……。なのに……。

普段は思い出さないようにしているけれど、やはり、あの日感じた悔しさは鮮やかに残ったままだ。

口の軽いセレスから聞き出した。

両親は、『手違い』があり、エリーゼに婚約破棄通知が届いてしまったことを、グレイルに知らせたくなかったのだとセレスは教えてくれた。

『だってグレイルは、とってもエリーゼさんが好きだったもの。だからグレイルがおかしなことを考えたら困るから、ほとぼりが冷めるまで静かにしていようって。エリーゼさんはもう結婚してしまったし、どうしようもないからって。皆、貴方を傷つけないために考えた結果だったのよ』

今思い出しても、はらわたが煮えくり返る。どうして、そんなふうに、グレイルの愛した相手を後回しに、軽く扱ったのかと詰め寄りたい気持ちでいっぱいだ。

セレスの言うことの意味はわかる。もう手遅れだったと、理解はできる。

けれど、悔しさだけはどうしようもない。

『留学だけは誰にも迷惑をかけないようきちんと終えて、周囲から認められる人間になってエリーゼを迎えに行こう』

『両親は彼女を守ってくれるはずだ』

……そう信じた自分をあざ笑いたい。お前はすべてを失って怒りを忘れられないまま生きているのだと、過去の自分に突きつけてやりたい。

痛烈に後悔している。たとえ廃嫡されても留学を放り出し、皆の信頼を失ってでもエリーゼを助けに帰ればよかったと。

そうすれば彼女をどんな男にも触らせずに済んだのに。彼女の愛情を失わずに済んだのに。彼女が別の男を愛する姿を見ずに済んだのに……。

石の壁を殴ったグレイルは痛みで我に返った。

――もうエリーゼを離さなければいいんだ……。無責任に出ていって消息を絶った夫の元になぞ、彼女を返す必要はない。

水の冷たさも感じない。

グレイルは真っ白になるほど拳を握ったまま、独りごちた。

「お前がどんなに嫌がっても、夫のほうがいいと泣いても、『仕事』はしてもらう」

――夫はもっとお前を上手に抱いたのだろうな。お前が夢に見るくらい、上手に……。

そう思った瞬間、屈辱に身が焦げそうになる。

グレイルは煮えたぎった頭を誤魔化そうと、何度も冷たい水をかぶった。それでも、嫉妬に狂った頭の中はまるで鎮まってくれなかった。

どれだけ冷え切った水をかぶって放心していただろう。

ようやく我を取り戻したグレイルは、浴室を出て、置いてあった布で身体を拭いた。

ひどく毛羽だった素材でごわごわする。国境警備隊の支給品だってもっとマシだった。

――そういえば、さっきは何も考えられなかったが……エリーゼに渡した布もこんなひどい手触りだった気がする。

ストラウト侯爵夫妻は、一人娘のエリーゼを真綿に包むように大事に大事に育てていた。夫妻の宝だったエリーゼにこのような布を使わせるわけにはいかない。

――どこだ、まともな布は。

棚を探したが見当たらない。もう夜だ。侍従たちも皆休んでいるだろう。

――そうか、俺が命じなければ、彼女には誰も何も与えないのか。

グレイルはやるせないため息をついた。

『愛人』がどれだけ厚遇されるかは、グレイルの態度次第なのだ。本来エリーゼは、そんな立場に置かれるような女性ではないのに……。

こうなったら、周囲になんと言われようと、彼女を妃に迎えられるまで、ひたすら彼女との関係を貫き通すしかない。

茨の道だろうが、そうするしかないのだ。

夫が今さらのこのこ帰ってきても、エリーゼは絶対に返さない。

もちろん民は呆れるだろう。政務で少しでも失態を見せれば、皆が『愛人など捨てて妃を迎え、国民を安心させろ』と苦情を言い立てるに違いない。

——俺が……非の打ち所がない王太子となり、エリーゼを厚遇し続けるしかないのか。

グレイルは疲れ切ったため息をついた。

選ぶべき正解は『エリーゼに謝罪し、彼女の手を離すこと』だ。

ウィレム・バートンを探し出し、家を無断で空けるような態度をきちんと改めさせた上で、エリーゼを彼の元に返せばいい。女が原因であれば手を切らせて、再度ちゃんと家庭を守らせる。それがきっとエリーゼの一番の幸せなのに。

——それでも、俺は、嫌だ……。

グレイルは掌に爪が食い込むほどに手を握りしめた。

翌日の夜、グレイルは、犯したエリーゼの部屋を訪れる勇気がないまま自室に戻った。あんなふうに泣かれて、どうしていいのかわからない。仕事は黙々とこなしたが心は嵐の海のようにざわついたままだ。

セレスも自分も、激怒している両親に二度呼ばれて、二度とも大説教を受けた。

だが、エリーゼを責めるつもりはない、という両親の言葉に安堵し、余計な反論はしないでおいたのだ。

セレスは『これ以上実家で問題を起こしたら公爵家に戻れない』と号泣していたが、泣きたいのは両親と弟であることを早く理解してほしい。

疲れ果てたグレイルはようやく自室に戻り、執務机に座り、頭痛を堪えて俯いた。

——何か謝罪の品と共に謝りに行くべきか。

周囲はグレイルが『愛人』の元を訪れないことを、不審に思っていないようだ。

愛人は、しょせん愛人。

毎日通い詰め、愛を注ぐ対象ではない。

性欲や鬱憤を晴らして、愛玩するための存在だと思っているのだろう。

——エリーゼは……そんな女ではない……でも、そんな女として扱ってしまったのは俺なんだ。

抜けられない迷路をぐるぐる回って力尽きそうなグレイルの元に、侍従が一通の手紙を届けに来た。

「エリーゼ・バートン嬢からの、夜のおやすみの挨拶状でございます」

グレイルは無表情でそれを受け取り、侍従が去るや否や即座に中身を取り出した。

『親愛なるグレイル様　今日のおつとめお疲れさまでした。寒くなって参りましたので、どうかお風邪を召しませんよう。お休みなさいませ。　エリーゼ・バートンより』

グレイルは無言で手紙を胸に抱き、目を瞑った。

エリーゼが書いたのだと思うと、過去に趣味で集めていた古文書よりも尊く思える。バートンという夫の姓の部分は奇声を上げて塗りつぶしたい気分だったが。

――ああ、そうだ。情けない言い訳に行く前に、お前を『王太子の寵愛を集める淑女』として扱わねば……あんな部屋に置いておけない。改善策を取らせよう。最高の環境を用意できるまで、俺にはお前の前に顔を出す資格もない。

そう思い、グレイルはぐしゃりと前髪を摑む。

やはり、エリーゼが愛おしく、彼女の夫の存在に妬けて妬けて、もう、自分でもどうしようもない精神状況なのだった。

第四章

グレイルが初夜から一度も訪ねてこなくなって、四日が過ぎた。

——私、一日目で飽きられた筆下ろし係になってしまって……どうしよう。

もう、自分が災厄の星の下に生まれたことは確定だ。

——駄目駄目、余計なことを考えたら落ち込むわ。

エリーゼはひたすら、無心になろうと瞑想を続けていた。

貸与されている塔の五階の部屋は、毎日色々なものが運ばれてきて、初日と比べれば天国のような暮らしやすさに変わっている。

衣服も寝台も使わせてもらえる布も、化粧品も消耗品も、なんでも貸与された。

だが、贅沢な品物をたくさん貸してもらえても、喜んでいる場合ではなかった。

しみじみと、本当に最悪だと思う。周囲も当惑気味だ。

普通、ここまで音速で飽きられる愛人はいないのだろう。

——だ、駄目よ、暗い気持ちになっては。グレイル様は忙しすぎるだけかもしれない。解雇されたらされたで、家には帰れるし、お義父様はお医者様のお陰で『私がバートン家の主としてもっとしっかりせねば。嫁のエリーゼにはこれ以上迷惑をかけられない』って言えるようになってきたみたいだし……。

山ほど辛い思いをしてきたエリーゼは、この状況の辛さを『五段階評価で二』とした。たいしたことではないのだ。

王太子の元愛人の顔なんて、お城の外の人たちは知らない。外に出て黙って市井に紛れてしまえば、元の暮らしに戻れる。

悩んでも辛いだけだから、悩むことを意識的にやめよう。こんなふうに考えられるのも、過去の苦行があってこそだ。

侍女に頼んで届けてもらった新聞の『求人広告欄』を目を皿のようにして眺めていると、いい仕事はまだまだあるのでは、と思えた。ここを出たら、また手に職をつけたい。

求人を真剣に見ていたエリーゼは、扉を叩かれて我に返った。

――まあ、食事の時間ではないのに何があったのかしら？

入ってきた侍女は深々と一礼し、予想外の言葉を口にした。

「エリーゼ様、失礼いたします。お部屋の移動をしていただくことになりました」

もちろんエリーゼに断る権利などないので、新聞を畳んで身の回りの品を集めて立ち上がる。エリーゼの所持品は、小さな鞄と財布、ハンカチと懐紙くらいしかない。

突然やってきた侍女と共に、エリーゼは部屋を出た。

――そういえばここ数日、一階で工事をしていたような？

かなりの大工事らしく、ずっと騒がしかった。たくさんの人が出入りして、大量のものが運び込まれ、親方が弟子を怒鳴る声も絶えなかったのだ。

──修繕工事だったのかしら？

不思議に思いつつ、エリーゼは侍女に従って、五階の自室から、一階へ向かった。

「グレイル様のご命令で、今日からエリーゼ様にはこちらのお部屋を使っていただくように、とのことです」

案内された部屋の様子に、エリーゼは目を見張る。

室内は綺麗に掃除され、調度もきっちり整えられている。王宮の迎賓室にも引けを取らない格式の品だ。

椅子や机、カーテン、シャンデリア。どれもこれも、窓からの光を浴びてきらきらと輝いている。

よくよく見れば、窓枠まで大急ぎで変えたようだ。

何もかも贅を尽くした室内の様子に、エリーゼは気後れして立ち止まった。

ふと足元を見れば絨毯も分厚くしっかりとしたものが敷かれている。織り込まれているのはサレス王国の地図で、縁には金糸のタッセルが無数に縫いつけられていた。

──踏むことをためらうほどの絨毯だわ。

困惑しきったエリーゼに、しずしずとやってきたザイナ女史が告げた。

「グレイル様のお目に留まる家具類ですので、それなりの格式のものを整えました」

慇懃（いんぎん）な口調で告げられ、エリーゼは曖昧に頷く。

ザイナ女史がエリーゼを面白くないと思っているのは明らかだ。

誰かに何か言われて、不承不承態度を改めたように見える。

「寝室はこの奥の扉、ご衣装室は右手の扉の奥でございます。大変恐れ入りますが、浴室はこちらのお部屋と続いておらず、一度廊下に出ていただくことになります」

「え、ええ……私は構いません、ありがとうございます」

つかえながらもお礼を言うと、ザイナ女史はエリーゼの目を見ずに言った。

「手狭で申し訳ありませんが、しばらくはこちらでグレイル様をお迎えくださいませ。ご用件は、塔の入り口にございます、使用人の間に控えている侍女にお伝えください。呼び鈴はこちらでございます」

――王宮勤めの方を、呼び鈴でお呼びするなんて心苦しいわ……。

エリーゼの困惑が増した。

「それでは失礼いたします」

冷ややかに言い終えて、ザイナ女史はさっさと部屋を出ていった。

去り際の表情は不満でいっぱいで、胸が痛くなる。大切に仕えてきたグレイルが愛人を迎えたことを、本気で不快に思っているのだろう。

しばらく佇んでいたエリーゼは、気分を切り替えて部屋の中を見て回ることにした。

衣装室を覗こうと扉を開けたエリーゼは、即座にバタンと閉める。

目にしたものが信じられなくて、変な汗が滲んでくる。

宝物庫の扉を開けてしまったのかと思ったからだ。

——あ、あんな大きな宝石の首飾り……置いてあっていいの……？

もう一度扉を開けて確認したが、やはり絢爛豪華なドレスや宝石が山と詰め込まれているのが見えて、脚が震えた。

——普通の衣装はないのかしら。

エリーゼは勇気を出して衣装室に入り、なんとか一番地味で装飾の少ない衣装を探し出す。だがそれも胸元は大きく開き、絹やレースがたっぷり使われていて、いかにも貴婦人の高貴な装いだ。

焦って衣装の山をかき分けていた時、エリーゼの耳に声が届いた。

「ドレス、気に入ってくれた？」

——あ……これは……いけない人がいらっしゃったわ。

エリーゼは身構えつつ振り返る。

扉のところにひっそり立っているのは、案の定セレスだった。

昨日よりはるかに元気がない。

「約束のドレスよ……たくさん作ってしまったのに、三人目が生まれてから、一向に痩せなくて全然着られないの。仕立て直しも、新しいのを作るのと同じくらい手間とお金がかかるって言われて……姑がそれはもう怒っているのよ、貴女が痩せなさいって」

「セレス様……」

警戒を漲（みなぎ）らせながら、エリーゼは微笑む。心の中は『一刻も早くお引き取りいただこう』

という思いでいっぱいだった。

「グレイルが急いでドレスを用意させろって言っていたの。でも、仕立屋だって、急に言われても大量には無理じゃない？　だから私のドレスをあげるわって申し出たのよ。貴方にもそう約束したし、ちょうどいいかと思って。どのドレスも、私の紋章がちょっと刺繍されているけれど、目立つところには入れていないから。気にしないで着てね」

「それは、ありがとうございました」

しばしの沈黙の後、セレスはきまり悪げにボソボソとしゃべり出した。

「あのね、今回の件は……お父様が激怒なさっているの。エリーゼ殿を迎えてしまったのであれば、過去のストラウト家とのおつき合いもあって無下にはできない、けれど許したくはないって。筆下ろし係募集云々（うんぬん）の経緯を知られたが最後、大恥だって」

——私もそう思います。

なんの異論もない。彼らの父親である国王陛下が正しい。

「それでね、私ものすごく怒られているの。他に隠していることはないかって」

——あります……よね？

『とある貴族の子弟の筆下ろし係募集』をかけた相手を間違え、エリーゼに愛人業を押しつけたことを、セレスはまだ隠しているだろう。

エリーゼは少し考え、はっとなる。

——この話題、もう蒸し返さないでもらうほうがいい。何がきっかけで、グレイル様が

『ウィレムを探してやる』と言い出すかわからないもの。

エリーゼは焦りながらも、優しくセレスに言った。

「これ以上余計なことをおっしゃったら、セレス様はもっとお叱りを受けてしまいますわ」

「……そうよね」

沈痛な表情でセレスが言う。叱られるのは嫌だが、人並み程度の罪悪感は持ち合わせているようだ。

「でも本当にお怒りなのよ、隠し事が知られたらただでは済まないわ。正直に言ってしまったほうがいいかも、とも思うの。本当のことを言えば、グレイルも貴方を今ほどは怒らなくなるだろうし……」

そう言って、セレスが顔を覆う。

泣きたいのはエリーゼのほうだが、涙が一滴も出てこない。悲しいくらい修羅場に馴れすぎてしまったからだ。

「これ以上問題を起こしたら、私、離縁されちゃうわ。今だって、姑に『実家で躾を受け直してこい』と言われて、追い出されているも同然なのに」

すすり泣くセレスを見つめ、エリーゼはしばし途方に暮れた。

――どうしてそんな危ういお立場で、さらに余計なことをなさるのかしら……。

だが、聞いても納得できる答えは得られなそうだ。

いい悪いではなく、彼女は別の世界の住人なのだと思う。

同じ世界の常識を共有していたら『二十五歳の弟が童貞で可哀相だから、筆下ろし係を募集してなんとかしてあげる』という発想は出てこない。

「離縁されたら子供たちに会えなくなっちゃうの。どうすればいいのかわからない」

三児の母であるセレスが、一人で王宮をうろついていた理由がやっとわかった。

——下のお子様って、まだ三歳くらいよね……？

同情する必要はないのだが、なんだか可哀相になってくる。小さな子どもは母親に会えなくてどんなに寂しい思いをしているだろうか。

エリーゼはなるべく優しい声で、セレスに言った。

「私は何も申し上げませんから、セレス様はご安心なさってください」

「いいの……？」

泣きながらセレスが言う。エリーゼはやや呆れつつも、話を続けた。

「その代わり……と言ってはなんですが、本当のことを黙っている代わりに、不要な布と、裁縫道具をいただけませんか。私、手すさびにお裁縫をしていたいのです」

引き換えの条件を出せば、彼女もこれは取引だと納得して、安心するだろう。自暴自棄になって本当のことをしゃべったりはしないはずだ。

様子をうかがっていると、セレスは涙を拭い、素直に頷いた。

「ええ、わかった。私の侍女にすぐに届けさせるわ。ありがとう、エリーゼさん」

セレスは涙を拭い、部屋の出口に向かって歩き出す。

そして、扉に手をかけて、何か言いたげに振り返った。

——う……っ……まだ何か……？

エリーゼは不安を覚え、身構える。だがセレスは何も余計なことを言わず、萎（しお）れた顔でそのまま部屋を出ていった。

——余計なこと、もうなさらないわよね？

なんだか不安だったが、エリーゼは諦めて長椅子に腰を下ろす。

——早く布が届くといいな。することがないと、余計なことを考えてしまうから。

美しい部屋の中でぽつんと一人、エリーゼはため息をついた。


——お部屋が豪華で落ち着かないわ。今夜は眠れるかしら……。あんなに素晴らしい寝台には、乗るのが怖いのだけれど。寝ぼけて天蓋の布を破ってしまったらどうしよう。

絢爛豪華すぎる室内に酔ってしまったきらいがある。

出された食べ物もご馳走すぎて途中で残してしまった。いったいエリーゼの身体は、どこまで地味にできているのだろう。

エリーゼはぐったりと疲れた気分で、セレスから届いた布に手を伸ばす。

——素敵な布！　何かを作ってみたくなるようなお品ばっかりだわ！

豪華酔いしていたエリーゼの心が、ぱっと湧き立った。

さすがに公爵夫人だけあり、彼女の財力は凄まじいようだ。届いた布はいずれも一流工房の印のついた最高の品ばかりで、うっとりしてしまう。

――こんなにいい布で、自分のものを作るのは気後れするわ。でも嬉しい。この紗なんてショールを作っても夢のように素敵でしょうね！

衣装店で少しずつ教わったので、今なら簡単な衣装を作れる。ドレスは無理だが、可愛いシャツくらいならなんとかなりそうだ。

――この桃色の花柄の布で、ウィレムに婦人服を作ってあげたら、喜ぶかも。

そう思いつつ、エリーゼは『おまけ』と言って手渡されたハギレに手を伸ばす。

――私、布を接ぎ合わせて一枚にするのが好きなのよね。

これからもっと寒くなりそうなので、寝台にかける大きな布を作りたい。見栄えは保証できないけれど、色とりどりで楽しい布になりそうだ。

――大きなハギレは、大きなまま繋いでしまいましょう。そうすれば早くできるわよね。

さっそく道具箱を開け、高級な裁縫道具を取り出して、接ぎ合わせを作り始めた。これに飽きたら、明日の朝は型紙を作ってシャツかスカートを作ろう。

楽しい気分になり、豪華酔いの軽い頭痛も失せてきた。

やはり縫い物はいい。余計なことを考えずにいられる。

――あ……この無地のハギレ、ハンカチにできそう。刺繍の道具も分けていただいたし。

エリーゼはハギレの山から一枚の布を引っ張り出し、様子を眺めた。薄い青でパリッとした布だ。よいシャツを仕立てられそうな生地である。

毎夜の挨拶状と一緒に、この布で作ったハンカチをグレイルに贈ろう。

一応、毎夜書いているお休みの挨拶状は受け取ってもらえるし、使者も『お礼を申されておいでででした』と言ってくれる。

――グレイル様、きれい好きだからよく手を洗うのよね。それに昔、ハンカチは貰うと嬉しいとおっしゃっていたわ。

脳裏に、庭のベンチに座ろうとするたび、神経質にハンカチで座面を拭ってくれたグレイルの姿が浮かんだ。

今の彼もきっと、なんでも拭きたがるだろう。そう思うとなんだかおかしかった。

エリーゼはハギレを繋ぐ作業を一旦やめ、グレイルのハンカチを作り始めた。周囲を綺麗に縫っているうちに、夜も更けていく。

――今日はもう寝ようかしら。

エリーゼは縫い物中の道具や布を箱に戻し、やっと周囲をぐるりと縫い終わったハンカチを確かめた。火のしを当てればピンと綺麗になりそうだ。

――私、まっすぐ縫うのが上手になったんじゃない？

出来映えに満足し、ためつすがめつハンカチを眺めていたエリーゼの背後で、扉が叩かれる音が響いた。

「グレイル様がお見えになりました」

一瞬身体を固くしたエリーゼは、すぐに大きく息を吸った。

――四日ぶり……し、自然な笑顔で、ウィレムの話題を出さないようにしなければ。

自分に強く言い聞かせ、笑顔で扉を開ける。

「グレイル様、お帰りなさいませ」

エリーゼは笑顔を保ったまま、グレイルを案内してきた侍女に頭を下げ、グレイルを室内に招き入れた。

「ご公務お疲れさまでした、グレイル様」

グレイルは無表情のままエリーゼに告げた。

「ありがとう」

だが、エリーゼは幼い頃から彼のこんな表情を見慣れている。表情を動かさなくても、心の中でいろいろ考えているのがなんとなくわかった。

「上着をかけてまいります」

「……ああ、すまない」

無表情のグレイルの上着を脱がせて、きちんと形を整えてつるす。こうして間近で見るとため息が出るような手の込んだ衣装だ。

――まあ、素敵なお仕立て……これが王室御用達のお仕事なのね。

金属の小物が縫いつけてあるのかと思った部分は、なんと金糸だ。ほんの小さな金剛石が金糸の間に縫いつけられて、きらめきを強めている。

──素晴らしいわ。どのくらい手の込んだお品なのでしょう。王太子様のご衣装だもの、最高の中の最高のお品だわ、本当に、滅多に見られないものを見られてよかった。

うっとりと見つめていたエリーゼは、グレイルが椅子に腰を下ろした気配ではっと我に返った。

──お茶をお持ちしなくては。

エリーゼは鍵を手に部屋を出て、お茶汲み所に向かおうとした。そこは施錠してある小部屋で、軽食とお茶を淹れる一式が用意されている。

「どこに行く」

低い声で呼び止められて、エリーゼは笑顔で答えた。

「お茶を用意して参ります。何をご用意いたしましょうか」

「……お前は侍女ではないだろう」

グレイルの冷ややかな言葉に、エリーゼは無言で扉を閉めた。

──私が準備してはいけない……のね。きっとそういう決まりなのだわ。

何を話そうかと戸惑うエリーゼの前で、グレイルが呼び鈴に手を伸ばす。

強い音で鈴が鳴らされると、すぐに侍女が来て、扉を叩いた。

「お呼びでございましょうか」

「飲み物と軽食を」

「かしこまりました」

「エリーゼも何かいるか？」

無言で首を横に振ると、グレイルは短くつけ加えた。

「俺のぶんだけ、いつもと同じでいい。夕食代わりの何かを」

「はい、ではお夜食をご用意いたします、お待ちくださいませ」

侍女の足音が遠ざかっていく。

グレイルはわざわざ扉を開け、侍女を迎え入れることもしなかった。命令し慣れた、いかにも貴族の振る舞いに、エリーゼまで姿勢を正した。

「侍女たちは、ちゃんとお前の好みを覚えたか」

――一度もお呼びしていないわ。呼び鈴で人を呼びつける習慣がないの……。

困惑しきったエリーゼを見て、グレイルは肩をすくめた。

「何をしている、突っ立っていないで、俺の隣に座れ」

躊躇(ちゅうちょ)したが、エリーゼは笑顔を浮かべ直し、彼の隣に腰を下ろした。

長い長い沈黙が訪れる。何かしゃべったほうがいいのか、黙ったままがいいのかわからず、エリーゼはひたすらドレスの膝を見つめ続けた。

やがて侍女がグレイルのための夜食を運んできた。

金泥で王家の紋章が描かれた、素晴らしい皿に盛りつけてある。盆一つを取っても、銀細工の繊細さと艶やかさにため息が出るようだ。

グレイルはエリーゼに話しかけるでもなく、無言で軽食を取り終えた。かなりの勢いで平らげていたので、空腹だったのだろう。

少し躊躇った後、エリーゼはおそるおそる尋ねた。

「お忙しかったのですか」

「いつもこんな感じだ」

無視はされていないようだ。疲れたように息をつき、グレイルは冷めた声でつけ加えた。

「忙しいほうが色々気が紛れる」

グレイルの答えにエリーゼは微笑む。自分も同じだからだ。

「あ……そうだ、グレイル様に差し上げようと、お作りしたものが」

エリーゼは立ち上がり、まだ刺繍を施していないまっさらなハンカチを差し出した。

「たくさん布をいただいたので、ハンカチをお作りしています。作業でお手が汚れたときにお使いいただければと思って」

グレイルが無表情にすっと目をそらす。何かが不満なようだ。

――いらないときは、即『いらない』とおっしゃるから、絶対不要というわけではなさそう。

エリーゼは笑顔を保ったまま問いを重ねた。

「刺繍をいたします、簡単な柄ならできますから。何がよろしいですか」

グレイルが形のよい眉を寄せ、吐き捨てるように言った。

「……ウィレム殿の好みで作って構わん。どうせ彼が帰ってきたら、真っ先に彼の元に戻るのだろう？」

予想外の言葉にエリーゼは動転する。

――えっ？　ウィレムの話題はどこから出てきたの？　話をそらさなくては。また探しに行くなんてことになったらいけないもの。

そう思いつつ、エリーゼは微笑んだ。

「グレイル様にお作りしたいのです」

どうかもう彼のことは蒸し返さないでほしい。思い出すのもやめてほしい。ついでに言うなら、ウィレムの好みで作ったハンカチをグレイルに渡したら、大事故が起きる。

――グレイル様には、桃色のひらひらフリル付きで、ねこちゃんの柄のハンカチは……。

鉄壁の笑みを浮かべるエリーゼに、グレイルが驚いたように尋ね返してきた。

「俺に……か……？」

グレイルの鉄の仮面のような顔がかすかに揺らいだ。

「はい、作るなら、グレイル様に……です」

エリーゼは少し間を置き、勇気を出して本音を口にした。

「私は、昔、お呼びいただくたびに小物をお作りするのがとても楽しみでした。今も同じようにご用意できるのが嬉しくて……いけませんか？」

切ない気持ちが込み上げてきて、かすかに頬が紅潮したのがわかった。

でも本当のことだ。グレイルが自分の作ったものを使ってくれたら嬉しい。

グレイルはしばし目を泳がせ、小さな声で言った。

「……別に、いけないということは……ない……」

どうやら少し機嫌は直ったようだ。

「鳥の柄なんていかがでしょうか？　帝国軍の軍旗も、四隅に吉兆の鳥が象られていますものね。縁起がよいのではないでしょうか」

「そうだな……なんでもいい。お前が選んだもので」

グレイルがかすかに口元をほころばせる。厳しい顔をしているときは近寄りがたいが、たまに見せてくれる優しい顔は、魂を奪われるほどに魅力的だった。

グレイルの琥珀色の目に引き込まれながら、エリーゼは赤い顔で頷く。

「では、いろいろ考えますね」

そう答えると、グレイルの笑顔が深まった。

「楽しみにしている」

どうやら、エリーゼが優しくするとじわじわ機嫌が回復するようだ。

初日は『愛人志願など許しがたい、軽蔑する』と激怒していたのに……その相手に優しくされて嬉しいとは、複雑なご機嫌だと思う。

――殿方の心は難しいのね。ウィレムは女の子だから、愚痴も不満も文句も、なんでもぶちまけて、あとは勝手にすっきりしてくれたから楽だった。女同士って、本当に楽。

不意に、グレイルが呼び鈴を鳴らし、皿を片づけさせて立ち上がった。

「風呂に行ってくる」

「あ……グレイル様、お待ちくださいませ！」

愛人向けの指示書には、なるべく風呂にも同行するように、と書かれていた。詳細は不明だが、男性は一緒に風呂に入ると喜びが増すらしい。

それに、グレイルには香油を塗るようにと書いてあった。

——お肌が乾燥しやすいのかもしれないわ。だから手入れを手伝えということかも。

愛人として恵まれた環境で過されている以上、指示されたことはきちんとやらなくては。

それに、何より、グレイルにはいい気分でいてほしい。

「私も一緒にお風呂に入ります」

グレイルの身体が、目に見えてびくんと上下に跳ねる。

「不要だ」

エリーゼは首を横に振り、勇気を振り絞ってグレイルに寄り添った。

「い……いいえ……私も……ご一緒します……それが私の仕事ですから……」

グレイルの形のよい耳が見る間に真っ赤になる。

「……勝手にしろ」

どうやら許可は下りたようだ。エリーゼはほっとして、頷いた。

——そうか、惚れた女と一緒に風呂に入るとこれほどに……最高、なのだな。

◆

身体と髪を洗い、浴槽に浸かるまでは無事に進められた。

だが、浴槽の中でエリーゼにそっと寄り添われた瞬間、グレイルの休火山が突然噴火してしまったのだ。

理性の箍が外れ、無我夢中で唇を奪うグレイルに、エリーゼが半泣きの声で訴える。

「グレイル様、お身体に香油を……あ……ん……」

エリーゼの身体を抱きすくめると、柔らかな乳房が二人の身体の間でつぶれた。

——駄目だ、駄目だ駄目だ……ッ、く……やめられない……。

浴槽から立ち上がったグレイルは、抑えがたい欲望のままに、一緒にお湯に浸かっていたエリーゼを抱きすくめる。

「湯上がりは香油を塗るよう仰せつかっています、お願いします、グレイル様、塗らせて」

真面目なエリーゼはどこぞの誰かに吹き込まれた『お仕事の手順』を頑なに守ろうとしているようだが、グレイルももう限界を超え、そのさらに先にいる。

誰なのだろう、王太子と一緒に風呂に入れとエリーゼに吹き込んだ人間は。

——エリーゼにこんなことを指示した人間を、表彰したい……。

「馬鹿……香油など……そんな余裕がどこに……っ……」

強引にもう一度唇を奪った刹那、ふと脳裏に初めての夜のことが浮かぶ。すすり泣きながら身体を拭っていたエリーゼの姿が浮かび、やや勢いが萎えた。

痛い思いや苦しい思いはもうさせられない。

このまま渾身（こんしん）の力を振り絞って続きをやめよう。

「い、いや……駄目だ。お前は俺としたときに血だらけになっていたな、だから駄目だ。先に出て身体を休めろ、俺は一人でなんとかする！」

一人になりたい、暴発する前、今すぐに。下腹部がびくびく言い始めている。

「え……あ……あ……大丈夫……ですっ……」

真っ赤な顔で半泣きのエリーゼがそう答え、なぜか、いきり立つものに手を伸ばしてきた。

「なッ」

握られた瞬間、グレイルの身体に電流が走る。

どうしてエリーゼはこんなに初心なのに、ここを握るときだけは迷いがないのだろう。

誰が何を教えたのだろう。もしかしてウィレムだろうか。

一瞬にして萎えつつ、グレイルは尋ねた。

「なぜそんなに躊躇なく握るんだ、お前は……誰に習った！」

答えを聞いた瞬間に号泣するかも……と思った時、エリーゼのか細い声が聞こえた。

「あ、あの、……親戚のお姉様です」

「し、親戚……？」

愕然としてグレイルは問い返す。

「親戚がそんなことを教えてくれたのか？」

エリーゼの親族であれば貴族のはずだ。そんな話が貴族の令嬢の間で囁かれているのだろうか。高貴な男女たちの間でこんな大惨事が日々起きているというのか。

「は、はい、親戚のお姉様が、無知な私にそう教えてくれて……好きな人のものだけは……こうやって、握れと……」

好きな人、という言葉を聞いた瞬間に、グレイルの全身が『歓喜』の咆哮を上げる。

本当に、親戚の女性からこんなにも頓珍漢な手技を伝授されたのか疑わしいが、これ以上の追及は不要だ。

エリーゼは年上の親族の女性から、好意を抱いた男のものを握るよう教育された。それが真実なのだろう。

――好きな人……お前にあんな真似をした俺が、か……？

そう思うと握られた事実すら嬉しく、エリーゼが愛しくて欲望をますます制御できない。

「わ……わかった。では、手を離してくれ。続きをさせて……ほしい……」

滾る欲を抑えてそう尋ねると、腕の中のエリーゼが身体を離してこくりと頷いた。

あまりに可愛く愛おしくて、一瞬気が遠くなった。

濡れた白い首筋に、ほつれた結い髪が貼りついて、奮い立つほどの美しさだ。

グレイルは浴槽の縁に腰掛け、エリーゼに己の脚を跨がせる。

「このまま、抱かせてくれ。いいか?」

エリーゼはグレイルの肩に手をかけ、おずおずと言われたとおりの体勢を取る。目の前で薔薇色の乳嘴が揺れ、夢のような眺めだった。

「俺が支えている、そのまま、そうやって……そう……」

興奮のあまり声がうわずった。エリーゼは素直にグレイルの導きに身を委ね、おずおずと腰を落としてくる。

「痛くないように、ゆっくり動け」

グレイルの切っ先が、熱い蜜孔の入り口に触れた。

絶対に暴発させないという鉄の意志を持っていても、下腹部がぶるぶると震えて耐えるのが苦しい。

「……っ、あ……入らない……やだ……」

エリーゼがグレイル自身を呑み込もうとして、身体を強ばらせた。

「大丈夫だ、ゆっくりで」

エリーゼの細腰を支えたまま、グレイルは囁きかける。

「あ、なんで……この前……入ったのに……あ」

エリーゼはぎこちなく身体を揺すり、グレイルを受け入れようと必死の様子だ。

豊かな乳房の先端が何度も胸板に触れ、グレイルを誘う。焦らされすぎておかしくなりそうだ。

──なぜエリーゼは、こんなにもぎこちないのだろう。

つかの間疑問が生じる。

だが、一人しか知らない貞淑な人妻とはこのようなものなのかもしれないとすぐに思い直した。どちらにせよ、比較対象がないグレイルにはまったくわからない。

「ごめん、エリーゼ、触る……」

グレイルは片手を離し、エリーゼの脚の間に手を伸ばす。陰唇に触れ、杭を呑み込もうとしている口を指で強引に開かせた。

「あぁっ！」

肩にかけられた指の力が強まる。

「だめ……そこ……開かないで……っ……」

華奢な身体を震わせるエリーゼの奥に、グレイル自身がずぶりと沈んだ。

「ほら、入るぞ」

「無理……っ……大きいの……大きくて……」

エリーゼが半泣きの声で言い、柔らかな乳房を押しつけてきた。

あまりの快感にグレイルは歯を食いしばる。こんな入り口で果てたら最悪だ。

「そんなに大きくないから、落ち着いて」

焦りと飢餓感で汗が噴き出す。腕の中のエリーゼが必死の様子でグレイルの首筋にしがみついた。

「う……」

エリーゼがか細いうめき声を上げじわじわと腰を落とす。泣きたくなるほどゆっくりとグレイルのものが中に呑み込まれていった。

掴んだ腰を思い切り揺すり、奥まで貫いて、思う存分この身体を貪りたい。

「グレイル様……大丈夫……？」

震え声で尋ねられ、グレイルは全身全霊の力を振りしぼって答えた。

「大丈夫だ」

縋りつくエリーゼがこくりと頷き、時折身体をびくりと引きつらせながら、グレイルの身体を最後まで受け入れた。

「あ……あの……動きます……っ……」

息が荒いエリーゼの様子に驚き、グレイルははっとなった。縋りつくエリーゼを引き離し、慌てて美しい顔を覗き混む。

「痛いのか？」

やはり自分のやり方が何かおかしいのだ。滾り溢れる欲望も忘れて焦るグレイルに、エリーゼが泣きそうな顔で首を横に振った。

「大丈夫……です、大丈夫だから、させてください……」

そう言って、エリーゼが再び肩のあたりにこつんと額を押しつけてきた。乳房の柔らかな肉が胸板に押しつぶされ、身体の芯に甘い電流が駆け抜けた。

ようやくかすかに取り戻した理性が、どろどろと溶けていく。

膝に跨がるエリーゼが、身体を弾ませ始めた。

その動きもやはり不器用極まりない。

「い、いや……硬い……」

しかし、グレイルにとっては嬉しかった。達人技など披露されたら、多分色々な意味で泣いてしまう。

「グレイル様、こう……？　こうでいい……？」

そう尋ねてくるエリーゼの息は、激しく乱れていた。

「少し俺にさせてくれ」

グレイルも、うわずる声を抑えられない。エリーゼの肌に食い込ませる指の力も緩められなくなってきた。

「揺するから、摑まって」

「だめ、あ……動いちゃ……」

細い脚が怯えたようにグレイルの腰を強く挟み込んだ。密着感が高まり、えもいわれぬ愛しさが込み上げてくる。

——本当に俺はお前を抱いているんだな……。

背にも胸にも喉にも汗が伝うのがわかる。軽い身体をできるだけ優しく上下に揺すると、

エリーゼが切れ切れに声を漏らした。

甘い汗の匂いと共に、くちゅくちゅという淫猥な音が届く。中を行き来するたびに、襞のようになった粘膜が反応して、どうしようもなく可愛かった。

「ん……っ……」

エリーゼがくぐもった声を漏らした。華奢な身体から伝わる鼓動が、先ほどとは比べものにならないくらいに速く強くなっている。

同時に濡れた襞が強くグレイルに絡みついた。

「あ……やだ……や……」

エリーゼが怯えたように身体を浮かせようとする。だが、グレイルは腰を掴む腕を離さなかった。

「どうして逃げる？」

「だ……だって……あの……お腹がびくびくして……」

「多分感じているからだ。そうだよな？　俺もさっきから、すごくいい」

これだけしゃべるにも息が乱れた。

「そんなふうに……揺らさないで……」

エリーゼが腕の中でいやいやと首を振る。魅惑的な身体に翻弄され、グレイルの足指がびくんと痙攣した。

――駄目だ……よすぎる……。

グレイルは腕を緩め、エリーゼの顔を上向かせて、汗に濡れた唇を赤い唇に押しつけた。

「ん……う……」

エリーゼが強請るように自ら身体を揺する。遠慮がちに接合部を擦り合わせると、肉杭を咥え込む場所が不規則に収縮した。

「んん……っ！」

蜜襞がひときわ強くグレイルのものを絞り上げる。

——もう無理だ。

エリーゼの腰骨のあたりを掴み、唇を合わせたまま、グレイルは劣情を爆発させた。

頭が真っ白になる。

唇をもぎ離したエリーゼが、か細い声で名を呼んだ。

「グレイル……様……」

名を呼ばれた刹那、言葉にできないほどの充足感が身体中を満たす。

エリーゼの中を自分だけが満たしていると思うと、目がくらむくらいの快感で呼吸すら忘れそうになった。

——俺は、ずっとお前と一緒にいたい。

エリーゼと繋がり合ったまま、グレイルは改めて思った。

人のものだろうが、自ら愛人志願をしてきたという事実があろうが、エリーゼのことが今でも愛しすぎる。他の女性を心に入れる余地がない。

これからもずっと、永遠に、エリーゼ以外を受け入れる余地など生まれないだろう。

そう思いながら、グレイルは柔らかな身体を抱く腕に力を込めた。

「あ……いけない……薬……」

ぐったりしていたエリーゼが、はっとしたように顔を上げる。繋がりを解いてよろめきながら立ち上がるエリーゼを慌てて支えた。

「どうした？　薬というのはなんの薬だ？」

物騒な単語に、我に返ってはっとなる。

身体でも壊しているのだろうか。胸に氷を押し当てられたような嫌な不安が過り、グレイルは慌ててエリーゼに尋ねた。

「何を飲んでいる？　病気なのか？」

エリーゼは儚げな笑顔で首を横に振った。

「いいえ、子供ができないようにしなくてはいけないので」

――は……？

ぶん殴られたような衝撃を感じた。

エリーゼの答えに、グレイルは凍りつく。愛人に自ら志願するほどだから、子供は絶対に産むつもりなのだろうと思っていた。

王族の子を産めば、生涯多額の年金を得られるからだ。これまでに存在した、王室の公認愛人たちは皆、それだけを願っているといっても過言ではなかったはずだ。

だからエリーゼも子供を望んでいると無条件に信じていた。

恥じらったように裸身を手で隠しながら、エリーゼが言った。

「週に二度しか飲めない薬なのです。グレイル様のお相手も、週に二度までしかさせていただけないのですが……よろしくお願いいたします」

グレイルは、もじもじと目をそらすエリーゼの美しい顔を見つめて、言葉を失った。

一日も早く子供を作ってエリーゼを永遠に囲い込み、少しずつでも誰にも文句を言わせない地位に押し上げるつもりだった。

しかし彼女はそれを望んでいないらしい。

ではなんのために『貴族の子弟の筆下ろし係』に志願してきたのか。わけがわからず、グレイルは険しい顔になる。

——子供はいらないというのは、いつでも俺から逃げられるようにか……？　夫が帰ってきたら、俺を捨ててあっさりと彼の元に戻るつもりだからか？

額に青筋が浮くのがわかった。

こんな顔をしては駄目だ。エリーゼの前で不機嫌な顔ばかり見せたくない。

グレイルは、絞り出すような声で言った。

「……わかった」

凍え切った声にエリーゼがびくっと身をすくませる。グレイルは慌てて、全身全霊で声を和らげた。

「いや、今はそれを飲んでおけ……今度話し合おう」

「え……あの……話し合いもなにも……」

「上がるぞ」

グレイルはエリーゼの言葉を遮り、彼女の手を取って洗い場に向かう。腰に布を巻き、大きな一番柔らかい布でエリーゼの身体を拭いた。

「じ、自分で……あ……」

「俺が拭きたいんだ。おとなしくしていろ」

「は、はい……では……」

エリーゼは従順に頷き、抵抗をやめた。

首まで真っ赤なエリーゼの身体を丁寧に拭いながら、グレイルは腹の底から思う。

――俺は絶対にお前と別れないからな。自分の中に、こんな地獄があるとは思わなかったぞ、エリーゼ……。

第五章

愛人になって十日目の朝が来た。

豪華すぎる室内にも目が慣れたようだ。

グレイルはまだ二回しかエリーゼを抱いていない。

お風呂に一緒に行った夜以降、グレイルはエリーゼが起きている時間には帰ってこないので、ご無体のしようもないのだろう。

――グレイル様、どう見てもお疲れすぎて心配なのだけれど……。

あのお風呂の夜から、グレイルは、毎晩この部屋で休むようになった。

真夜中過ぎに帰って、音を立てないように、静かにエリーゼの寝台の傍らに入ってくる。

寝ぼけたエリーゼが『お帰りなさいませ』というような挨拶をすると、『起こして悪かった、お休み』と言ってすぐに寝入ってしまう。

そして朝起きると、もういない。

一日一度、昼どきにこの部屋に立ち寄り『何か足りないものは？』と聞きに来てくれるが、そのときの顔色はやや青い。疲れ切っているように見える。

――ウィレムよりうんと忙しそうだわ……。

王立騎士団に所属し、一般の騎士として勤務していたウィレムも真面目に働いていた。

時には夜勤、事件があれば召集もかかって、エリーゼは忙しい彼を心配していたものだ。

だが、グレイルの忙しさはそんなものではない。

彼は朝、日の出とともに起床し、黙々と一人でできる事務作業をこなしてエリーゼの部屋を出ていく。

王宮の開門時間以降は、表敬訪問を受けたり、たくさんの関係者と会議をしたり、『王太子殿下ご臨席』のパーティやら軍の式典やらへ出席したりと、身体がいくつあっても足りないほどの忙しさらしい。

――働きすぎてご病気になってしまわれないかしら。私のお部屋ではなく、ご自分のもっと居心地のいいお部屋でお休みになったほうが……。

エリーゼの心配は尽きない。

だが、さすがに周囲の人間も、王太子殿下がぶっ倒れるまで働かせるつもりはないようだ。

今朝のグレイルは『朝の予定を休んだ』と言って、ゆっくり寝ていた。

とはいっても、毎日、日の出と共に起きていたのが、普通の時間に起きられるというだけなのだが。

――とっても綺麗な寝顔だわ。でも、すごくやつれてる……。

エリーゼは彼を起こさないようにそっと寝台を抜け出し、ひっそりと朝の支度を始める。

『グレイル様の目を楽しませる』ために、動きやすさ優先で綺麗に着飾って、お茶を淹れるために部屋を出た。

廊下の鏡の向こうには、お嬢様だった頃そっくりの自分が映っている。

けれど表情だけが寂しげで、もうあの頃には戻れないのだと悟った。

エリーゼは廊下を進み、お茶を淹れる部屋の鍵を開け、さらに鍵付きの引き出しに保管された茶葉を取り出す。

――グレイル様はいつも朝は召し上がらない……と。えっと、グレイル様が好きなお茶はこちらだったわね。

念のため匂いを確認し、違和感がないかも確認した。

そもそもこの塔は王太子宮の奥にあり、警護は厳重なので、異物混入などは起きようがないはずだが、必ず確認しなければ。

茶葉が傷んでいてグレイルがお腹を壊したら大変なことになってしまう。

――大丈夫そう。

最後に念のため別の器で飲んでみて、何も起きないことを確認し、エリーゼは用意したお茶を手に、しずしずと部屋に戻った。

グレイルはもう起きていて、着替えと洗顔を済ませ、不機嫌そうに長椅子に座っていた。

目の下にはうっすらくまが浮いていて、疲労が滲み出ている。

「茶の支度など侍女にやらせろ。なぜお前がわざわざ動くんだ」

どうやら愛人が侍女の仕事をするのにご不満らしい。

だがグレイルの不機嫌は幼い頃から頻繁なことなので、慣れている。

「せっかくグレイル様がいらっしゃるので、自分で淹れたお茶をお出ししたかったのです。侍女の皆様からも、私が淹れていいとお茶室の鍵を預かりました」

微笑み返すと、グレイルはわずかに眉根を寄せた。

周囲におっとりした人しかいない世界で育った割に、不思議とグレイルの不機嫌は気にならないのだ。グレイルは神経質なだけで根は優しいと知っているからかもしれない。

エリーゼはにっこり笑って、彼の前にお茶を置いた。

「今朝も何も召し上がらないのでしょう？　ではこちらのお茶で、少しお腹を温めてくださいませ」

グレイルはかすかに視線を落とし、無言でお茶のカップを手に取った。

——私を信用して、こんなふうにすぐに飲んでくださるんだわ。

様子を見守るエリーゼの前で、お茶を飲み干したグレイルがかすかに表情を緩めた。

「うまい……ずいぶん喉が渇いていたみたいだ」

カップを置き、グレイルがひとごこちついた表情で言った。

「ありがとう、用意してくれて」

エリーゼは微笑んで、グレイルの隣に腰を下ろした。

「お口に合ってようございました」

目に見えてぴりぴりしていたグレイルがようやく肩の力を抜き、表情を緩め、エリーゼのほうを向いた。

——やっぱりグレイル様は寝起きがお悪いんだわ。私の想像どおりね。

微笑むと同時に、グレイルの手が背中に回された。

薄く滑らかな唇がエリーゼの唇を奪う。

口づけは、爽やかなお茶の香りがした。

こんなに美しい王子様に、夢のようなお部屋で朝から口づけされるなんて。自分の立場もしばし忘れ、エリーゼは甘い口づけに身を任せた。

「……お前は俺が苛々し続けていても動じないから、いいな」

唇を離したグレイルが、エリーゼの身体をぎゅっと抱きしめて言った。

「そうでしょうか？」

「俺の八つ当たりなど、毎度平気な顔で聞き流すだろう」

胸の中がきゅんと疼く。

昔も同じことを言われた。

『俺は怒りっぽいから、のんびりしているお前のそばにいるのが楽だ』と。

もっとしっかり者になりたい、女学校の皆のようにてきぱき振る舞いたいと思っていたけれど、グレイルにとっては、いつものエリーゼがいいのだ。

そう思えて、とても嬉しかったことを思い出した。

エリーゼは彼の胸から身を起こし、微笑んだ。

「そのうち自力で落ち着かれることを存じておりますから」

エリーゼの答えに、グレイルがかすかに笑った。美しい彼が笑うと、あたりの空気が色を変えたように思える。

いつもこんなふうに笑っていれば、みんなもっと彼に魅了されるだろう。今も数多くの令嬢がグレイルに夢中なのだろうけれど……。

微笑み返すエリーゼの前で、グレイルがふと、何かを思い出したように笑みを収めた。

「そうだ、今日は俺につき合え」

「今日……でございますか？」

何をさせられるのかと首をかしげたエリーゼに、グレイルが告げた。

「今日の夕方、母上が目をかけている室内楽団が演奏会を行う。お前は俺と一緒に出席しろ。今日の楽団の制服は黒、部屋は本宮三階、テラスに続いている中広間だ。今の説明で会の格式はわかるな」

もちろんエリーゼとて貴族の端くれなので、そのくらいはわかる。

王宮で行われる国王もしくは王妃主催の演奏会では、正装が義務づけられているのだ。服装も決まっていて、正式な晩餐会用のドレスに、三点揃いの宝飾品を身につけ、未婚の女は髪飾りを小さめにして、後ろ髪を下ろさねばならない。

――大変なお席だわ。どんな顔ぶれがお見えになるのかしら？

心から欠席したいと思った。

「宝石は、後で俺が持ってくる。それをつけろ。金剛石の指輪だ。地金は白金だから、それに合わせて支度しておくように」

そして貴婦人がつける宝飾品は、その背後の扶養者……夫、父親、祖父、愛人などの財力を表す象徴である。

『王太子殿下のお選びになった金剛石の指輪』などつけて出席したら、エリーゼは女性出席者の敵意の的になってしまう。

――そんな席に伺うのは嫌です！

どんな阿鼻叫喚が待ち受けているかと思うと、愛想笑いも引きつった。

「その席で、お前が俺の唯一の伴侶だと紹介する」

グレイルのしゃべっている言語が理解できなくて恐ろしくなってきた。

――過労で壊れちゃったのかしら、グレイル様……。

「私は、伺わないほうが……」

「なぜだ？」

「あの……私を連れていかれて、恥をかかれては……困るのでは……」

エリーゼの言葉に、グレイルが一瞬だけ何かを考えたような顔になる。

だが、グレイルは形のよい眉を上げ、当然のことばかりに言った。

「ふん……ならば精一杯美しく装っておけ。周囲が俺を誹(そし)るのも忘れるほどに、な」

そうではない。そういう意味ではない。

言い返そうとした瞬間、グレイルが立ち上がった。

「会議だ、行ってくる。夕方迎えに来るからな」

「あ、あの、あ……」

止める間もなくグレイルは扉に歩み寄り、慌てて後を追ったエリーゼの額に口づけをして部屋を出ていってしまった。

――とても頑固なのは昔から変わらないのね。私はあの頑固なところも好きなのだけど、今回は譲ってほしい。

そもそも、朝まで愛人の部屋に居続けることもよくないと言われているのに。

――これは……ザイナ様からまとめて強烈な苦情が来るわ！

そう思った瞬間、扉が叩かれた。

「失礼いたします」

どうぞ、と言う前に、有無を言わさずザイナ女史が室内に入ってきた。相変わらずエリーゼの災厄の星は完璧な仕事をする。

「お願いがございます」

彼女が何を言いに来たのかは予想がつく。ザイナ女史の視線は厳しく、顔は強ばっていた。

「社交界の催しに、グレイル様と一緒に出席するのをやめていただきたいのです」

「私もそう思います。出席しないほうがいいと思います」

間髪入れずに答えると、ザイナ女史はかすかに片眉を上げた。

「おや、愛人なんて伴われたら、グレイル様の恥ということくらいはわかるのですね」

「はい！　わかります！　とても……！　本当によくわかりますっ！」

勢いよく首を縦に振ると、ザイナ女史が戸惑った顔になる。なぜものわかりがいいのだ、と言わんばかりの表情だ。

「貴方が連れていけと強請ったのではないの？　グレイル様はこれまで、一度たりとも女性を伴ってパーティに出席されたことはないのですよ」

今しかない。エリーゼは、必死の形相でザイナ女史に頼み込んだ。

「私は、お願いしていません。きっとグレイル様は、落ちぶれて音楽会などに縁がなくなった私に同情して、お連れくださると言い出したのですわ！」

「……そうかもしれないわね。お優しいお方でいらっしゃるから」

ザイナ女史は、エリーゼの言い分を検討するような表情になってきた。

「私は欠席していいでしょうか？　グレイル様に欠席するとお伝えください！」

彼女から休むと伝えてもらえば、あるいはグレイルも譲歩してくれるのではないか。

期待に胸震わせるエリーゼに、ザイナ女史が『いまいち理解できない』という顔で告げた。

「……わかりました。わきまえているのであれば結構です」

ザイナ女史は、訪れてきた時の怒りを当惑に変え、部屋を出ていった。


そして、その半日後。

「急病とはどういうことだ！　大丈夫か！」

突然大声と共に扉が開いて、刺繍をしていたエリーゼは長椅子から飛び上がった。

「侍女たちは医者を呼んでいないのか？　何をしているんだ……っ」

額に青筋を浮かべて呼び鈴を取ろうとするグレイルの腕に、エリーゼは慌てて縋りつく。

何が起きたのかさっぱりわからないが、グレイルを宥めねば。

――ここまで怒りっぽかったかしら？　どうして、手負いの獣のように毎日怒っていらっしゃるの……。

エリーゼは腕にしがみついたまま、冷静に言った。

「グレイル様、どなたが急病なのですか？」

「お前だ。昼前に伝言を受けたのに、俺への報告が夕方過ぎとは怠慢が過ぎる！」

エリーゼは腕を緩めず首を横に振る。

「私は病気ではありません。何か行き違いがあったのでしょう……皆、お忙しいグレイル様に、愛人の具合などお伝えしあぐねていただけなのでは？」

そもそもここはグレイルが勤めていた軍隊ではなく、優雅なお城なのだ。

軍隊仕込みのグレイルの価値観で『報告！　連絡！　相談！　以上を徹底しろ！』と強要しても、王宮の人たちはついてこられないと思う。

「体調はなんともないのか」

エリーゼは力強く何度も頷いて見せた。

グレイルが険しい顔のまま腕を下ろす。エリーゼの話に耳を貸してくれたようだ。

「……あまり心配させるな」

気まずげに目をそらした表情は、幼い頃のグレイルと同じだ。そのまま抱き寄せられ、エリーゼは頬を赤らめる。

「心配してくださったの……ですか……」

「当たり前だ」

その言葉にエリーゼの胸が甘く疼いた。

——こんなふうに、取り乱すほど心配してくださるなんて。

優しい本音を聞かされ、改めて彼が好きなのだと思い知らされる。

頬を染めたままのエリーゼから少し身体を離し、グレイルが落ち着きを取り戻した声で言った。

「音楽会に行こう、着替えてこい」

断りの話はグレイルの耳に入っていないのだろうか。

——あっ、わかったわ。ザイナ様が『急病だから音楽会は欠席』と伝言なさったのね。だから焦って様子を見に来てくれたのだ。病気ではないなら、音楽会にも予定通り来いということなのだろう。

多分、抵抗してもグレイルは譲ってはくれない。

「……かしこまりました」

エリーゼは遠慮がちに呼び鈴を鳴らして侍女を呼び、ドレスの着替えの手伝いを頼んだ。

――地味なドレスがないわ。白金の指輪に合うドレス……この緑色がいいかしら。

華麗なドレスに袖を通し、背中を留めてもらってほっとする。

エリーゼの寸法はセレスとほとんど同じようだ。

彼女はおそらく、このドレスを一度も着用していないのだろう。袖口のレース部分に一本しつけ糸が残っている。エリーゼはそれを無言で抜いた。

――絹と上等のレースって重いわね。久しぶりに着たわ。それにしても王女殿下の個人紋が入ったドレスに今は庶民同然の私が袖を通せるなんて、すごい経験ね。

しみじみと思いながら、エリーゼは鏡の前で己の姿を確認する。やはり豪華で品格があり、細やかなところまで丁寧に仕上げられている。

「ありがとうございます、この着付けで結構です」

侍女たちにそう告げ、エリーゼは手早く髪をまとめる。未婚の娘の髪形でいいのか、それとも、仮にも人妻として結い上げるべきなのか……。

――余計な物議を醸さないように『未婚』の髪形で。未婚のグレイル様が、既婚者の装いの愛人を連れていったら大騒動になるもの。

エリーゼはそう決めて、両脇の髪を頭の後ろで留め、残りの髪は背中に流して、置いてあった白い花の飾りをつけた。

五年前、グレイルの元を『婚約者候補』として訪れていたときと似た格好だ。

さすがのエリーゼも、己の『令嬢姿』が胸に迫り、慌ててこみ上げるものを呑み込んだ。

――今だって……幸せよ。こんな形でもグレイル様のおそばにはいられるんだもの。だから惨めに思う必要なんてない。

自分にそう言い聞かせ、エリーゼは無言で衣装室を出る。

そして妙に落ち着きない様子で長椅子に座っているグレイルに声をかけた。

「お待たせいたしました」

振り返ったグレイルは何も言わない。

昔から恥ずかしがりやで、女性の格好をあまり褒めたがらないのだ。

――本当に全然変わっていないわ。

微笑ましくなり、エリーゼは口元をほころばせて尋ねた。

「この衣装でよろしいでしょうか？」

「ああ」

そう言ってグレイルが優雅に立ち上がる。不機嫌なのか照れ隠しなのかわからない表情のまま、彼は上着の懐に手を入れ、小さな箱を取り出した。

「装いの仕上げをしよう」

無感動な口調でいい、グレイルは箱を開けて、光り輝く指輪を取り出した。

それは、目を見張るような素晴らしい細工だった。

――花の指輪……。

サレス王国の貴婦人に好まれる、写実的な花の意匠だった。花心も花びらも金剛石で作られている。きらめく宝石がシャンデリアの光を反射し、ぎらりと虹色に輝く。

「大きさは、ちょうどいいようだな」

グレイルはエリーゼの左薬指に、その指輪を嵌めてくれた。ずっしりと重く、目を射るようなまばゆさだ。

あまりの美しさに、エリーゼはしばし放心して、己の手に視線を注いだ。

「裏側も見てくれ」

そう言って、グレイルはエリーゼの手を取ったまま、傾かせて、指輪の側面を上に向けた。

花びらに当たる部品の裏側に、小さな赤い細工がついている。

「これは……」

エリーゼは目をこらし、驚いて指輪に顔を近づけた。

宝石の花の裏側に隠れていたのは、驚嘆すべき小ささの、七宝焼のてんとう虫だった。赤い釉薬で塗られたてんとう虫は愛らしく艶々と輝いている。

「なんて手の込んだ作品でしょう……こんな場所にてんとう虫が隠れていますのね」

手に嵌めているだけで震えてしまいそうなほど壮麗な指輪なのに、意外にも可愛らしい秘密の細工が仕込まれている。

微笑むエリーゼに、グレイルが言った。

「俺がつけさせた」

「可愛いですけれど、なぜてんとう虫を……？」

不思議に思ってグレイルを見上げたが、無表情で何も答えてくれない。

――左薬指は、婚約者からもらった指輪か、夫婦でお揃いの指輪を嵌める指だもの。この指にこんな高価そうな指輪をつけて出席したら……阿鼻叫喚が……間違いなく……。

エリーゼは微笑みつつ指輪を外し、右手に嵌め変えようとした。

だが、グレイルの手がそれを押しとどめる。

「勝手に直すな、左の薬指に嵌めておけ」

「で……でも……このようなお品、皆様がなんと思われるか……」

グレイルはかすかに顔をしかめ、低い声で言った。

「お前は俺の機嫌だけ取ればいいんだ。他の奴らは無視でいい」

――気弱な私には難しいことを！

エリーゼはずっしりとのしかかる『災厄の予感』を覚えつつ、愛想笑いを浮かべた。

「かしこまりました」

グレイルがエリーゼの周りを一周し、神経質に髪飾りの位置を直し、背に流れる髪を撫でつけ、満足そうに言った。

「……美しい。俺にとってはお前が一番美しい女だ」

「あ、ありがとう……ございます……」

率直に褒められ、エリーゼは頬を染めた。グレイルは変なお世辞は言わないので、本当にそう思ってくれたのだろう。彼の贔屓目だとしてもとても嬉しかった。

「その指輪は留学に行く前発注した品なんだ。帰ってすぐにお前に渡すつもりだった」

エリーゼははっとなり、借り物だとばかり思っていた指輪に目をやる。

「あ……」

もう一度、今度は自分で指輪を傾けて、花びらの裏側についた小さな小さなてんとう虫を見つめた。

エリーゼが初めてグレイルに贈ったハンカチの刺繍もてんとう虫だった。

グレイルは気に入ったと言い、ずっと使ってくれていた。留学にも持っていったと手紙をくれたことを思い出す。

「わ……私に……このような……」

涙が滲み、視界がぼやけた。

薄い化粧とはいえ直さなければ。そう思いつつ、指先で涙を拭う。

「お前はてんとう虫が好きなんだろう？」

エリーゼは嗚咽を嚙み殺し、震え声で答える。

「は……い……」

堪えきれずに、涙が美しいドレスに落ち、絹地に弾かれてきらきらと落ちていく。

——嬉しい……どうしよう……。

もう片方の手で指輪を包み込み、エリーゼはぎゅっと目を瞑る。

——こんなものを作って、私が嫁ぐ日を待っていてくださったのね……。

過去の自分がどんなふうに愛されていたのかわかって、胸がかきむしられるようだ。切ないと同時に嬉しかった。

エリーゼの世界から飛び去ってしまったてんとう虫が、グレイルの中ではずっと生きていたのだ。そう思ったら、愛人である背徳感や、これから顔を出さねばならない『社交界』への憂鬱も薄れていく。

心に残るのは、ただ、甘く幸せなグレイルへの思いだけだ。

——やっぱり……私はグレイル様が今でも一番好きだわ。てんとう虫のことだって、覚えていてくださって、こんなに嬉しいなんて。

エリーゼは指輪を嵌めた手をもう片方の手で握ったまま、涙を溜めた目で微笑んだ。

「可愛らしいわ。てんとう虫は、幼い頃から大好きなんです」

その答えに、ずっと不機嫌だったグレイルがやっと顔をほころばせる。

「お前にハンカチを貰って以降、俺も好きになった」

グレイルはしなやかな指で、エリーゼの指輪を嵌めたほうの手を引き寄せた。

「この指輪は、お前の左薬指以外に嵌めさせる気はない。お前が受け取らなかったら、自分の手で金槌で叩き壊す。俺は絶対に、お前以外の王太子妃など迎えない。周囲がなんと言おうが俺は種馬ではない。姉たちの誰かの子を、未来の王にすればいい」

「グレイル……様……」

これほど美しい指輪を叩き壊すという言葉には、グレイルの激しい怒りと苦渋が滲み出しているように思えた。

冷静な自分が『王太子に大金を貢がせる悪女』にならないよう警告してくる。

だが、この贈り物にどれだけの想いがこもっているのかと思うと、やはりこの指以外に嵌めることはできないと思えた。

この指輪は、無下にしてはいけないグレイルの気持ちの結晶なのだ。

迎えられたかもしれない幸せな未来のために、グレイルが用意してくれた宝物。こんなに儚く美しいものを壊すなんて、悲しすぎる。

——人生には少しくらい夢があったほうがいいわ……。もしかしたら、私が妻として嵌めていたかもしれないんだもの。その夢を、少しくらい見て、二人で幸せな気持ちになってもいいわよね……。

エリーゼは勇気を出して、笑顔でグレイルに告げた。

「わかりました、こちらの指に着けさせていただきます。ありがとうございます、グレイル様」

グレイルが何か言いたげに唇を薄く開き、エリーゼを見つめる。

だが、何も言わなかった。

——グレイル様？

戸惑うエリーゼの肩を引き寄せ、グレイルが静かに唇を重ねてきた。

流れるような美しい口づけだ。

初日にエリーゼと同時に息を止めていた人物とは思えない。

エリーゼの胸が抑えがたくときめく。

子供の頃、グレイルはどれほど素敵な大人になるのだろうと想像していた。素晴らしい貴公子になった彼を見る日が来るのが、とても楽しみだった。

――私が想像していたどんな姿よりも、今のグレイル様のほうが素敵だわ。

グレイルはゆっくりと唇を離し、名残(なごり)惜しげに最後に額に口づけして言った。

「では行こう」

そう告げた彼の顔は、なぜか、いつもよりも数割増しで疲れているように見えた。

半刻後、エリーゼは正宮殿の三階中広間の入り口側で棒立ちになっていた。

中からは素晴らしい管弦楽の調べが聞こえてくるが、誰も室内の音楽は聴いていない。

さらに言うならば、グレイルは広間の脇にある小さな応接室に入ったきり出てこないのだ。

――臨時陳情相談会……？

どうやらグレイルが『音楽会』を聞きに行くと知った役人や貴族が、『そんな暇があるなら緊急事態の相談をさせてくれ』と押しかけたらしいのだ。

たくさんの人たちが、ずらりとグレイルのいる応接室前に列を作っている。おのおの書類を手に深刻な表情だ。

応接室の入り口で受付対応をしている人や、着座しているグレイルの背後に立っている人たちは、皆、王太子付きの秘書官らしい。

「本日、グレイル様は王妃陛下の音楽会に出席されます！　火急の用事でない場合は後日にお越しくださいッ！」

「相談票をお持ちでない方はお並びいただけません！　相談票を取得して次回お越しください！」

行列を整理していた秘書官の一人が、大声で呼びかける。だが、誰も動こうとしない。エリーゼは人々の間から、そっと応接室の中の様子をうかがった。

グレイルは眉一つ動かさず、人々に手渡される紙を確認して、短く言葉を返していく。

「鳥獣の検疫に関する役所か。たしか、先月人事変更があったな。俺が話を通しておくから、新しい担当者に同じ内容の新薬適用の相談をしてみてくれ。次」

「孤児院の児童人員超過……なるほど。条例が先月改正され、施設の新設が検討中だ。この書類を対応窓口に送っておく。預かろう。次」

グレイルは表情をまったく変えずに受け取った紙を確認し、相談者に助言をしては、秘書官に処理が終わったその紙を渡していく。

――みんな、あの紙に相談内容を書いて、グレイル様の判断をしてもらうのを待っているんだわ。

エリーゼは押し寄せる人の整列作業が終わった頃、様子を見守っている秘書官の一人に尋ねた。

「あ……あの……なぜ皆様は、これから行事にご臨席になるグレイル様に、このようにお仕事のご相談にいらっしゃるのですか？」

「グレイル様がお忙しすぎて、なかなか面談の予約をお取りできないのです。なので、どうしても急ぎで見てほしいという人たちが、こうして殿下のご予定を確認して押しかけてくるのです。音楽会や食事会は皆から見れば『休憩』に見えるらしく……こうやって皆様一斉に追っていらして……」

そう言って秘書官は疲れたようにため息をつく。

「グレイル様には、もちろん音楽会に出ていただきたいのです。しかし、ここに並んでいる人間たちの陳情内容や相談事も重要であることは、我々秘書官共も把握しておりまして……中間を取って、このように臨時対応を行うことがあるのです。今日も第一幕の間はこのように対応させていただき、残りは後日とさせていただく予定です」

到底、演奏会の第一幕が終わるまでに捌ける人数とは思えなかった。グレイルの多忙の理由がわかって胸が痛い。

それに、漏れ聞こえてくる相談内容も、国の人たちの健康や福祉に関わる重要そうな相談ばかりだ。

こんなことを毎日毎日遅くまで考えて、判断して、苛々するのも当たり前だ。

——どうしよう……グレイル様が倒れてしまわれるわ。

「まあ……お疲れさまです、皆様も大変ですのね……」

エリーゼは遠慮がちにそう言って、そっと人混みから離れた。一人で会場に入るわけにもいかず、そのままそこに立ち、グレイルの姿を見守ることにした。

衣装店では、上手なお針子が長いヴェールを仕立てるときなど、一日中端を持って立っていることもあるから大丈夫だ。

ひたすらグレイルを案じつつ、気配を消して立っていると、中広間から聞こえる音楽がやんだ。

——あ……第一幕が終わったんだわ。

居並ぶ人々から『時間を延長してください』という苦情の声が出始める。

——どうしてグレイル様だけにこんなにお仕事が……？　皆様、優雅に過ごしていらっしゃるのに……。

エリーゼは働きづめで、朝も疲れ切っていたグレイルのことが心配になり、再び人々の列を整理している秘書官に尋ねた。

「なぜグレイル様は、このようにたくさんの陳情や質問をお受けなのでしょうか？」

秘書官は人々の列を気にしつつ、手短に教えてくれた。

「喫緊の問題を抱える者は、一番頼れる者に急ぎで相談したいと思うでしょう？　グレイル様はご自身が長く軍務に就かれて、辺境の村々の治安維持や医療事情改善に尽くしてこられた方ですから、この国の何かとゆったりしたお役所事情を改善なさりたいと、自ら積極的に対応されておいでなのです。あ、いえ、これは、私の見解ですので、グレイル様のご意見ではございませんが」

エリーゼは多忙そうな秘書官に礼を言って頭を下げ、人々の列から離れた。グレイルを待っていてもこの行列は終わりそうにない。

——会場からたくさんの人が出てきたわ……。

エリーゼは気配を消して、人混みをよけて壁と一体化した。服装は多少華やかだが、持って生まれたおとなしさはこのようなときに有効だ。じっと端っこのほうにいれば、あまり他人の興味を引かずにいられる。

——このまま壁と同化していれば大丈夫かも。この指輪も、石を掌側に回して、隠しておけば目立たないわ……。

安心したとき、たくさんの取り巻きを連れた派手な令嬢がやってくるのが見えた。

その姿を見たと同時に、エリーゼは息を止める。

——絶対にお会いしたくなかった方だわ……っ！

美しく派手な令嬢の名前は、リヴィアナ・マンディ。

マンディ家は、エリーゼの実家ストラウト家と同格の侯爵位を授かった貴族だが、彼女の父親は精力的に事業を手がけて莫大な財産を築いている。

最近は知らないが、昔は婚約者候補としても、一、二位を争う高い評価を得ていたはずだ。

それほどに裕福で経済界に縁の深い家柄の令嬢なのである。

「あら」

リヴィアナが、扇を片手にエリーゼに微笑みかけた。全力で壁になろうと念じていたが、駄目だったようだ。

一瞬で頭のてっぺんからつま先まで舐めるように確認されたのがわかる。身につけているものが貧乏くさくないことに気づいたのか、彼女は不快そうに眉をひそめた。

「ごきげんよう」

挨拶されて無視はできない。

今のエリーゼは爵位を叔父に奪われ、中流貴族の末息子と結婚したしがない主婦だ。一応貴族ではあるが、リヴィアナとはもはや住む世界が違う。

「お久しぶりでございます、リヴィアナ様」

深々と頭を下げ、貴婦人に対する礼を取ると、リヴィアナは再びじろじろとエリーゼを見つめた。

「こんな場所で何をなさっているの？　お針子だかのお仕事に行かなくてもよろしいの」

――私の事情にお詳しいわ。どうして？　シーレンディア衣装店で務めていたことまでご存じだなんて。

やや不思議に思いつつ、エリーゼは小さな声で答えた。

「今日はお休みなので……」

エリーゼがグレイルの愛人になったことを、リヴィアナは知っているのだろうか。

音楽会の来客たちが、この話をどこまで知っているのかエリーゼには見当もつかない。

言葉少ななエリーゼの指をじっと見つめる。石の嵌まっていない『左薬指』の指輪を不審に思っているのがありありとわかった。

「ご主人、どこかに行ってしまわれたんですってね」

エリーゼは曖昧に頷き、掌に隠した指輪の石をぎゅっと握った。

やはり直感によって隠して正解だった。『夫に捨てられた、落ちぶれた人妻』が着けるにはあの指輪は美しすぎ、高価すぎる。

その時、取り巻きの一人がリヴィアナに何かを耳打ちする。

リヴィアナは高慢な表情で「あら……」と呟き、悪意の籠もった眼差しでエリーゼを見据えた。

——逃げたいわ。逃げたい。私の勘が逃げろと言っている。

とても嫌な予感がして、エリーゼは無意識に後ずさった。

「グレイル様のお情けを得るために王宮に乗り込んできた女って、貴方なの？」

「いいえ、違います」

断じて違う。雇い主のお使いで赤ちゃん用の可愛いくるみボタンを届けに行ったら、その日に王太子殿下に組み敷かれ、処女喪失していたのだ。

自分でもなぜそうなったのか未だにわからない。

「グレイル様の周囲をうろうろしたらどんな目に遭うか、まだわからないの？」

相手にせず、隙を見計らって逃げようと思っていたエリーゼは、動きを止める。

──どういう意味？

違和感を覚え、エリーゼはリヴィアナの美しい顔を見つめた。

「また復活するなんてしつこいこと。お金がなくてグレイル様に泣きつきに来たのね」

生じたばかりの違和感が強くなる。

やはりリヴィアナから『一度とっちめたのに、なぜ復活したのか』と言われているかのように感じるのだ。

──どういうこと……？

いぶかしげに眉をひそめたエリーゼの表情で、リヴィアナがはっとした顔になる。

「行きましょう、卑しい女と一緒にいると私たちまで汚れてしまうわ。今日の音楽会にはグレイル様もいらっしゃると伺ったからこうして参りましたのに」

リヴィアナの言葉に、取り巻きの令嬢の一人が追従した。

「そうでございますわ、グレイル様をお誘いしましょう。あんなにお仕事ばかりでは身体に毒ですわって」

『臨時陳情相談会』を鬱陶しそうに見つめ、リヴィアナが笑った。

「グレイル様のお時間を邪魔するなんて、庶民って目障りだこと」

「お誘いしましょうよ。今や、マンディ家と言えば、王国への寄進額が五本の指に入る一大貢献者ですわ。グレイル様とて無下にはなさらないはずですもの」

――あの、お仕事の邪魔をしたら、どんなに偉いお金持ちでも、怒られ……ますよ？

恐ろしくなり、エリーゼは息を潜めたまま手を祈りの形に組み合わせた。

リヴィアナたちはしずしずと人々の列をかき分け、応接室に割り込んでいった。

しばらくして『割り込みせずに列に並べ！』というグレイルの怒声と『なぜ、私まで並ぶ必要がありますの！』と応酬するリヴィアナの怒りの声が聞こえてきた。

――危険だわ、急いで塔のお部屋に帰ろう。

この後の惨劇を想像し、エリーゼはゆっくりゆっくり、足音を忍ばせ気配を消して現場を離れようとした、その時だった。

カツカツと足音が聞こえ、エリーゼはギョッとして振り返る。

「グ」

グレイル様、と呼びかけるまでもなく、グレイルの長い腕がエリーゼの身体を抱き寄せる。

彼は素早く視線を走らせ、エリーゼの左薬指の指輪をくるりと回した。

この場にいる誰も身につけていないほどに立派な、大きな金剛石の花がギラリと光る。

――あああ……何を……。

蒼白（そうはく）になるエリーゼを抱きしめたまま、グレイルは冷たい声で言った。

「ちょうどいいから紹介しておく。彼女が俺の伴侶だ。彼女がいる以上、俺は他の女の誘いは生涯受けられない。今後はお誘いの類（たぐ）いは一切不要で頼む」

——え……ええ……？

そんな紹介を突然されても心の準備ができていない。

後を追ってきたリヴィアナが、見る見る額に青筋を浮かべた。

「なんですの、この女は。王太子殿下がご寵愛なさるにはいささか薄汚いご婦人ではありませんこと？」

吐き捨てるような言葉に、グレイルのただでさえ怖い顔がますます恐ろしくなる。

「……誰に向かって口を利いている」

この場で一番青ざめているのはエリーゼだ。なぜ、周囲が勝手にエリーゼを巻き込んで戦争を始めるのか。

その時、さらに最悪な事態が起きた。

会場である中広間から、ひときわ厳かな雰囲気の女性の集団が出てきたのが見える。

年齢層は皆、五十歳ほどだろうか。

気品溢れる女性たちを見た瞬間、エリーゼは凍りついた。

——お、お、王妃様ご一行……！

王妃は、外の騒ぎを聞きつけ、侍女を引き連れてやってきたのだろう。グレイルによく似たくっきりした琥珀色の目が、じろりとエリーゼを睨んだ。

——いつもどおりの展開だわ……！　いつもどおり勝手に事態が最悪の方向に……！

リヴィアナは、王妃の厳しい視線にも気づかない様子で、グレイルにまくし立てる。

「お金目当てでフラフラやってくるような未亡人にのぼせて。皆、グレイル様を悪く言っているそうですわ。いい加減目を覚まして、私との縁談を進めてくださいませ」

「帰れ」

グレイルの声は絶対零度の冷気を帯びている。彼の腕に抱かれたエリーゼも、冷ややかに事態を観察している王妃の眼差しに凍りついた。

「いいえ、帰りません！　売女（ばいた）に頭を溶かされたグレイル様のお目を覚まさせるまでは」

——あ、あの、私が傾城の悪女のように言われていて怖いのですけれど……！

壁に、いや、透明にならなければ……。必死に気配を殺そうとしても、周囲の好奇の視線が全身に突き刺さるのがわかる。

「俺は、自分の伴侶は自分で選ぶ。周囲がエリーゼをどれほど悪し様に言おうが、絶対に別れない。エリーゼはそんな女ではない！」

「それを騙（だま）されているというのですわ！」

グレイルとリヴィアナが火花を散らさんばかりに睨み合う。

「俺は騙されていない。エリーゼをそばに置く代わりに、王族の誰よりも働き、成果を出そうと思っている。それでいいだろう。エリーゼと俺のことは、貴方には関係ない。他人が俺の私的な領域に口を出すな」

周囲はしーん……としてこの恐ろしい言い合いを見守っている。

——皆様、私に『君も何かしゃべって』という視線を送ってくるのは、おやめください。

なぜこのような大事件が毎週のように起きるのか。

エリーゼの災厄の星が、燦然と輝いているのがわかる。

——どうして皆、そんなに次の展開を期待する目で私を見るの。

リヴィアナが焦れたように、エリーゼを見据えて、苛立った声で言った。

「貴方も何か釈明なさったら」

ひたすら送られ続ける無数の視線に、エリーゼは意を決して口を開く。

「私は、グレイル様に個人的にお仕えするため、グレイル様の私財で雇用された人間でございまして……」

エリーゼの説明を、リヴィアナが鋭く遮った。

「嘘をつきなさい！　そのドレスも宝石も、どれだけお金がかかっていると思っているの！貴女がグレイル様に強請ったんでしょう？」

エリーゼは正直に首を横に振った。

「衣装は、セレス殿下がもうお召しにならないものを貸してくださいました。このように、袖口のレースにセレス殿下の紋が刺繍されてございますので……こちらの指輪も、グレイル様の個人財産の一つで、今日の席のために貸与していただいたものです」

多分皆が期待している答えは、これではなかった。

醜聞の種になるような『うわぁ、なんてひどい女』と言いたくなるようなネタだろう。

愛人が公衆の面前で責められても泣きもせず、湯水のように金を使っておらず、借り物を着てぽやっと生きているなんて、なんの面白みもなくてつまらないに違いない。

だが、エリーゼには後ろめたい点は特にない。強いていうなら愛人候補に応募した、という誤解を受けているところが後ろめたくはあるが、皆の好奇心を満たすような面白いことなど何も言えないのだ。

エリーゼはできるだけ落ち着いた表情で、続きを口にする。

「皆様は、どうぞ私のことはお気になさらず……。それよりも、臨時陳情相談会を続けられてはいかがでしょうか。急ぎの要件ばかりなのでは?」

言い終えて、エリーゼは深々と頭を下げた。

皆の視線が『えっ? それで終わりなの?』と変わったのがわかった。王妃は相変わらず、冷静に事態を見守っている。無言なのが怖すぎる。

だが、湯気が立つほどに怒り狂っていたグレイルは、エリーゼの言葉ではっとしたように怒りの形相を改めた。

「お前の言うとおりだ、急ぎ相談したくて、皆が集まったのだったな。ありがとう、エリーゼ。頭が冷えた」

そう言って、グレイルが全員の視線が突き刺さる中で、エリーゼの頭に接吻する。

——おやめください。公開処刑に等しいです……。

引きつり笑いを浮かべるエリーゼに微笑みかけ、グレイルは秘書官たちを振り返った。

「陳情相談の続きをする。列への割り込みは絶対禁止しろ」

皆、唖然とした表情だ。

『厳しくて怖い王太子殿下』が愛人に接吻したのがよほど珍しいのだろう。

グレイルはきびすを返し、先ほどの応接室に帰っていった。秘書官たちが整理券の番号を確認し、列の割り込みをしないようにと呼びかけて、再度人々を整列させた。

「お待ちくださいませ、グレイル様！」

慌てて後を追おうとしたリヴィアナの前に、秘書官の一人がすっと立ちはだかった。

「グレイル様にお話がある場合は、事前に相談票を取得の上、内容を記載して秘書課まで申請してください」

「……っ！」

リヴィアナは扇を持つ手を震わせ、なぜかくるりとエリーゼを振り返る。

そして、エリーゼの胸元向けて手にした扇を思い切り投げつけた。高級な軽い扇は、ぱすんと音を立ててエリーゼの胸に跳ね返される。

憤然と立ち去るリヴィアナとその取り巻きを、エリーゼは呆然と見送った。

――せ……宣戦布告……されてしまったわ……。

呆然としつつ、エリーゼは宝石細工の付下げがきらめく扇を見つめた。

こんなの、決闘の時、白手袋を投げつけるのと一緒だ。

――そういえば、ウィレムも決闘を申し込まれていたわ……。

ウィレムは、過去に一度『一人だけ出世しやがって！』と逆恨みをされ、手袋を叩きつけられたことがある。相手は騎士団の同僚だった。

決闘の顚末を心配しているエリーゼに、ウィレムは『決闘申し込んできた子？　ちょっと本気でアレしたら失神しちゃって、私のこと怖いって……。結構好みだったけど、もう私に煮え滾る嫉妬を向けてくれないの。寂しいわ』と教えてくれた。

——ウィレムの例はまったく参考にならない。どう対処すればいいのかしら。

エリーゼは扇を拾い上げ、埃を払う。繊細な細工の高級品らしく、粗雑に扱われるのが可哀相だったからだ。

——今後はできるだけ、一人で貴族の方がいらっしゃる場所に顔を出さないよう気をつけよう。あとは、何を挑発されてものらりくらりとかわすのが最善手だわ。

エリーゼはその場にいた書記官に『リヴィアナ様の落とし物です』と扇を渡し、解散していく人たちを見守った。

王妃一行がまだこちらを見つめているので、一人さっさと帰れないのだ。

——それにしても、リヴィアナ様はひどいわ。グレイル様になんという態度を取るの。

リヴィアナは昔から気が強く我儘だった。

婚約者候補の中で一人だけ飛び抜けてグレイルに気に入られていたエリーゼの実家に『辞退しろ』と強硬な苦情を申し立ててきたのも、彼女の実家のマンディ侯爵家だ。

——何かしら。私はさっき、リヴィアナ様の言葉に何か違和感を覚えたのだけれど。なんだったのかがわからない。

とりあえずリヴィアナと、彼女の取り巻きのことは避け続けるしかない。

──私のことよりも、グレイル様が心配だわ。あんなにお忙しくて、音楽会でつかの間の息抜きもできないなんて。今朝だってぐったりなさっていたのに。

だがグレイルは、国の人たちの生活事情を案じて、必死に公務を行っているのだ。秘書官の人たちもグレイルをよりよく補佐しようと真剣なのが伝わってきた。

──あのグレイル様の怒りようは、邪魔されたのが初めてではないということだわ。火がついたように怒っていらしたもの。

グレイルの疲れ切った顔が浮かび、悲しくなってきた。

元から気難しくはあったが、昔のグレイルはあんなに怒りっぽくなかった。

多分、今の彼はもう限界なのだ。

寝食の時間を削って必死に働き、大量の仕事を真剣に捌いている中、意に添わぬ女性に結婚を要求され、つきまとわれて。

──あんな状態では、グレイル様がどんどん削られて、最後にはなくなってしまう気がする。だから限界が近いことを悟って、あんなに怒り続けているんだわ……。

エリーゼの目に涙が滲んだ。

──私が気晴らしの相手になれば、もう少し元気になってくださるかしら……。昔から馴染みの私なら気楽に振る舞えるとおっしゃってくださったし……。

エリーゼはそう思い、伝いそうな涙を拭った。

――愛人でもいいからおそばにいさせてほしい。もっとお尽くししたい。グレイル様が回復なさるまで置いてほしい……。

そこまで考えて、エリーゼは唇を噛んだ。

彼の気持ちが自分に向いていることくらいは、さすがに鈍いエリーゼにもちゃんとわかっている。

だからこそ、エリーゼの心もグレイルに寄り添いたくなるのだ。

――ウィレムは怒るわよね、私がグレイル様の愛人になってずっと日陰の身で生きるなんて言い出したら。結婚するならいいけど、愛人なんて絶対ダメって言うわ。離婚にも応じてくれないかも。

エリーゼはため息をついて、最後にもう一度ハンカチで目頭を拭った。

――そういえば、王妃様はどちらに……？

エリーゼはあたりを見回す。そろそろ第二幕が始まるのか、王妃を含め、人々は再び中広間に戻っていったようだ。

――王妃様の心証を害したのかもしれないわ。というか『嫡男の閨のご指南係に応募してきた女』なんて、間違いなく心証は最悪に決まっているわね。

エリーゼはしずしずと塔へ戻る道を歩き出した。

ただグレイルに音楽会に連れてこられただけで、これほどの大惨事を起こせるとは。この能力を、何か別のことに使えないだろうか……。

――グレイル様のあんなに余裕のない状況を見たら、今夜ご無事に帰ってこられるかすら心配になってしまうわ……。

グレイルの日々の消耗を思うと、エリーゼの胸は締めつけられる。

そのとき、エリーゼの追いかけてくる足音が聞こえた。

足音の主は、セレスだ。物陰に隠れて顚末をうかがっていたらしい。

――余計なことをしようとしているのだわ……！

身構えるエリーゼの手を取り、セレスが柱の陰へと引っ張っていく。

「ねえ、聞いた？　貴方たち婚約者候補よりも若かった世代の女の子たちが、また新たにグレイルの妃候補に名乗りを上げているの」

――え……？

エリーゼの心臓が、どくん、という嫌な音を立てた。

「だからリヴィアナさんは、焦っているのよ。絶対グレイルの妻にならなきゃって。だけど私は彼女が嫌いなの。私のことを『一人だけいらない駄目王女』なんて言ったのよ。エリーゼさんがいなくなって、絶対自分がグレイルの妃になれると思って、本当に態度がひどくなる一方だったの」

口をつぐむエリーゼに、セレスは言った。

「だから私、若い子たちがグレイルの妃になれるよう、たくさんお茶会を開いてグレイルとの交流の席を持てるようにするわ」

「えっ？　なぜセレス様がなさるのですか？」

黙っていようと思ったが、聞かずにはいられなかった。絶対に何か余計なことをしようとしているので見過ごせなかったのだ。

「お母様がやらなくていいと言ったからよ」

「ですから、それはなぜ……」

「候補の幼い子は五歳とか六歳とかだからなの。一番上は十五歳。グレイルは嫌がるだろうし、年端もいかない子はグレイルが怖いと泣くだろうから、ってお母様は言うの。でも、十歳差や二十歳差の夫婦なんてたくさんいるでしょう？」

エリーゼは再び力なく目を閉じた。

――グレイル様はお忙しいから、多分、五歳女児の面倒など見る心の余裕はないと思うの。それに俺は幼女趣味じゃないって激怒しそう……。

想像しなくても悲惨な光景を思い浮かべることができる。

なぜエリーゼにもわかることが、この異世界から来た王女様にはわからないのだろうか。

「それとね、エリーゼさんはこのまま愛人を続けるなら、王太子妃が決まる前にグレイルの子供を産んでおいたほうがいいわ。そうすればたくさん年金がもらえるから」

――王太子妃……さまが……決まる……。

エリーゼの心に、じわじわと暗いものが広がる。

「今回の筆頭候補は、十四歳の公爵令嬢になりそうだって噂に聞いたわ。リヴィアナさんはあまりお父様とお母様の心証がよろしくないの。だから、多分、挙式はその子が十六歳になる二年後よ。それまでに頑張って。妃を迎えてしまったら、ご実家の圧力で、あの子は愛人の貴方の部屋にもなかなか通えなくなると思うから……」

セレスは大事な真実だから伝えてくれたのだろう。

何も間違ったことは言っていない。

「じゃあね、またね……」

セレスは声を潜めてそう言うと、たっと駆けていった。どうやら王妃に見つかりたくないらしい。また何かやらかしたのだろう。

──私は……年金なんていらないわ……。

エリーゼは柱の陰に隠れたまま、顔を覆って肩を震わせた。

愛人は妃が来たらお払い箱になる、というのは、さすがに不幸に慣れたエリーゼにも辛すぎる言葉だった。わかっていても、その扱いはとても痛い。グレイルへの思いを改めて確認してしまった今では、考えるだけで心が悲鳴を上げる。

それに何より、グレイルが可哀相すぎる。

彼は望まぬ結婚を拒み、苦しんでいるのに……。

エリーゼの人生は何度でもやり直しが利く。責任もないし、お針子の雑用くらいならいくらでも探せるし、財産がそこそこあるから、家くらいはなんとかなる。

でも、グレイルは逃げられない。このまま周囲に『王太子として義務を果たせ』と要求され続け、食い尽くされる日々が続いたら、もう長くは心が持たないだろう。

——ごめんなさい、ウィレム、帰ってきてくれても、もう私には偽装結婚のお嫁さんはできないわ……でも、姉さんは私がいなくても、しっかりしているから大丈夫よね。ここ数年はもう、私が守ってもらう一方だったもの。

エリーゼはようやく涙を収め、顔を上げた。

亡き両親の優しい顔が胸に蘇る。

人生は有限で、大事な人と過ごせる時間は奇跡なのだ。だから、その奇跡のような時間を無駄にしてはいけない。

◆

——くそ……頭が痛い……。

グレイルはエリーゼの部屋へ足早に向かいながら、こめかみを強く押さえた。

結局エリーゼとの交際をろくでもない形で人々に開陳することになり、グレイルは不機嫌の絶頂だった。

そうでなくても怒りっぽく、周囲を萎縮させている自覚はあるのに、エリーゼを迎えてからはより駄目になった。

『未亡人を犯し、無理矢理愛人の座に据えた。だが夫は多分生きているし、彼女を今でも愛している』と思うと、自責の念で苦しくてたまらない。

だがエリーゼと別れる気はない。

一緒にいればいるほど可愛く、愛おしくて、手放せないという思いは募る一方だ。

彼女の、グレイルがどんなに怒り狂っていてもふわふわと受け流してくれ、それでいて必要なことはずばりと言える賢さは、余人をもって代えがたい。

グレイルは、側近たちがやんわり止めるのを聞き流し、今日もエリーゼの部屋を訪れた。自室になど何日も帰っていない。

——寝ているのだろうな。

エリーゼはよく寝るので、いつもグレイルが傍らに横たわっても気づかず寝ている。

——エリーゼは俺を起きて待っていたためしがないな。まともに愛人を務める気があるのか？　本当に、昔と変わらず可愛い奴だ……。

平和なエリーゼの寝顔を思い出したら、グレイルの口元に笑みが浮かんだ。

額に口づけするとたまにニコッと笑ってくれたり、寝ぼけて『お帰りなさいませ』と言ってくれたりして、とても愛らしい。

周囲の誰もがグレイルにビクビクしているのに、エリーゼだけは昔と変わらず自分の速度で生きていて、そんなところが好きだ。

——そういえば、さっき、母上が突然執務室に『あんな場で取り乱さないなんて、たいした愛人ですこと。見た目より腹が据わっているのね』と嫌みを言いに来たな。

反射的に『俺が選んだ伴侶に口を出さないでいただきたい！』と言い返し、母に退出を願ったのだが……母は説教をするでもなく、そのまま帰ってしまった。

——もしかしてあれは、嫌みではなかったのだろうか。駄目だ、エリーゼの話題に触れられると、わけがわからなくなる。俺を放っておいてくれとしか言えなくなるんだ……。

グレイルはこめかみを押して頭痛を堪え、そっとエリーゼの部屋の扉を開けた。

「お帰りなさいませ！」

予想に反してエリーゼが飛びついてきたので、グレイルは立ちすくんだ。

「……休んでいなかったのか？」

この部屋を訪れて、彼女にこんなに大歓迎されるのは初めてだ。驚きと同時にどうしようもない嬉しさが込み上げてくる。

グレイルの脳裏に、帰宅したウィレムに抱きつくエリーゼの姿が浮かんだ。

そうだ、彼女は愛する夫を失って、生活に困窮して愛人業に応募してきたのだ。思い返した刹那、グレイルの心が血しぶきを上げる。

——ウィレム殿が戻ってきたら、彼のところに帰って同じようにするのだろうな、お前は。

泣きたいのか嬉しいのかわからないまま、グレイルはエリーゼの華奢な身体をそっと抱き寄せた。

人の女に手を出した。

その行為が、こんなにも辛くて痛いとは思わなかった。

エリーゼへの愛を再確認するたびに、心がざくざくと削られていく。

嫉妬と自責の念で、己が消耗していくのがわかる。

「今夜は心配でしたので、起きてお待ちしておりました。あれほどお忙しいとは存じませんでしたから……申し訳ありませんでした、毎晩暢気に先に休んでしまって」

「別にいい、お前の寝顔は可愛い」

いつもどおりに平静な口調で答えると、エリーゼが赤い顔でグレイルを睨んだ。

「……変な顔をしておりますか？」

「可愛いと言ったのに、なぜそんなことを聞くんだ。もう一度可愛いと言わせたいのか？」

「ち……違います……そういう意味では……」

エリーゼがますます赤くなって顔を背けた。

──お前しか好きになれなくて困ったな。

グレイルは薄く笑い、頬を染めるエリーゼに口づけた。

彼女が自分の妻ならいいのに。

なぜあの時、婚約者候補解消通知などが送られてしまったのだろう。

思い出すだけで気が狂いそうだ。

「疲れたからもう休もう。俺も湯を使ってくる。先に寝ていてくれ」

エリーゼの身体を抱いて、グレイルは言った。

「あ、あの、私」

腕の中でエリーゼが突然大きな声を上げる。妙に思いつめた風情に、グレイルは首をかしげて彼女の顔を覗き込んだ。

「これからは毎日起きてお待ちします」

「なんのために？　眠いなら寝ておけ、俺も疲れているからそれでいい」

今だって眠そうにとろんとした顔をしているのに、何を言っているのだろう。

「元気にお帰りになるまで……なんだか心配なので……」

「大丈夫だ。俺は身体が丈夫なだけが取り柄だから」

そう言うと、エリーゼは戸惑うような顔で、大きな目を翳らせた。

「あ……あの……」

細い肩が震えている。やはり様子がおかしい。

「私……もし夫が戻ってきても……ここに置いていただきたいのです。夫は、この状況では離婚に応じてくれないでしょうけれど、無理にでも……」

予想外の言葉にグレイルは言葉を失う。突然『閨のご指南係』に応募してきたときも度肝を抜かれたが、今はそれ以上だ。

「なんのために」

声が異様にかすれていた。

彼女の意図がわからない。否、グレイルの期待している答えと違っていたらその場で憤死しそうだから、聞くのが怖い。

金のためだなんて言われたら、ぎりぎり正気を保っている心が折れてしまいそうだ。

「……グレイル様が心配だから、おそばにいたいのです。夫が戻ってきたとしても、私の思いを尊重してほしいと頼みます。だから、お願いします、私をおそばに置いてください」

言い終えたエリーゼが、己の言葉を恥じるように、額をグレイルの胸に押しつけた。

——ウィレム殿は、そんな頼みを聞いてくれるのかな。

願ったとおりの言葉のはずなのに、グレイルの顔には歪んだ笑みしか浮かばなかった。

理由は一つ。

ついさっき、密偵から、ウィレム・バートンは、現時点で男性と行動していると報告があったからだ。

交際している女性がいる、という証拠は見つからなかったらしい。

ウィレムが暮らしているのは王都から少し離れた『外国人街』で、流通会社の経営者であるダリル・アッドマンという男性の別邸で起居しているらしいことも判明した。

——そこまでわかっているのに、なぜ俺はエリーゼとウィレム・バートンの父親に伝えないんだ。

理由はわかっている。

この日々が儚く消える日が怖いのだ。

今度こそ人生になんの希望もなくなってしまうことが。

——お前を守ってくれる男はもうすぐ帰ってくる。俺の権力で、この愛人関係さえうまく誤魔化せば、お前はまた元の世界に帰れる。

箝口令を出し、漏らした人間には厳罰を与え、徹底的にエリーゼが『愛人』だった過去を消せばいい。

そしてウィレムを騎士団で再雇用させ、エリーゼと共に遠い街に赴任させればいいのだ。そうすればきっと、こんな愚かな関係がウィレムに知られることはないはずだ。

グレイル自身は卑劣な男だと、生涯陰口を叩かれるだろうけれど……。

「気持ちは……嬉しいが……」

脚の震えを悟られたくないと思いながら、グレイルは努めて平静に言った。

「その話はやめよう」

やっとの思いでそう告げると、エリーゼはグレイルに寄り添ったまま首を振る。

「私、本気なんです」

「何を……馬鹿な……」

エリーゼがぱっと顔を上げ、唇を噛むグレイルを見据えて、叫ぶように言った。

「元気になるまでおそばに置いてください」

「ウィレム殿が帰ってきてもか？」

エリーゼが一瞬視線をさまよわせ、再びグレイルの目を見つめた。

「はい。グレイル様のおそばにいさせてくれと夫に頼みます」

目眩がひどくなる。

甘い夢など見たくないのだ。どうか、嘘の希望なんて見せないでほしい。

グレイルの曖昧な態度に、エリーゼの綺麗な顔が、涙を堪えるように歪んだ。

「ウィレムが帰ってきても、グレイル様のそばに置いてほしいです……グレイル様が王太子妃様とお幸せになられる日まで」

腹の底から笑いが込み上げてきた。

——お前は優しいな、昔と変わらない。

エリーゼが弱っているものを放っておけない性格なのは知っている。二人で王宮の庭を散策しているとき、血だらけの怪我した鳥を拾って、なんのためらいもなく、新品のドレスの胸に抱いていた姿を思い出す。

あの時は、たしか、王宮に補助金申請に来ていた獣医学の権威が手当てしてくれて、鳥はすぐにどこかに飛び去ったのだったか……。

グレイルのまぶたの裏に、ウィレム・バートンの家を覗きに行ったときのことが浮かんだ。仕事を擲って、随行も振り切って、勝手に王宮を抜け出した愚かなグレイルの目には、とても幸せそうな夫婦の姿が焼きついた。

『今日はヘッドドレスが仕上がったの』とはしゃぐエリーゼの頬にキスをして『よかった。僕も完成を楽しみにしていたんだ』と答えていたウィレム。

彼は、妻が何をしていても可愛いとばかりに、端整な顔をほころばせていた。

そしてエリーゼも、ウィレムの腕の中でとても明るく笑っていたのだ。

エリーゼは、愛人志願者としてグレイルの前に姿を現した日から、一度もあんなふうに笑わない。昔のようには笑わないのだ。

――いざとなったら、俺のような執着の塊よりも、まっとうで優しい夫を選ぶくせに。

グレイルではエリーゼの幸せいっぱいの笑顔を取り戻せない。きっと……ウィレムが再び彼女の心を連れ去るだろう。

「あの、グレイル様、どうしてもいけないでしょうか？」

グレイルは引きつる顔を堪えて首を横に振った。

「その話は明日だ。……風呂に入ってくるから、寝ろ」

そう言うのがやっとだった。グレイルはエリーゼの肩を抱いて寝台に歩み寄り、横たわらせて毛布をかけ、そのまま部屋を出て浴室に向かった。

頭を冷やさなければ冷静になれなそうだったからだ。

だが翌日グレイルはさらなる地獄を知ることになる。

秘書官が、ウィレムからの直筆の手紙を届けてくれたからだ。

その手紙には、騎士団を無断で辞めた詫びと、とある調査に赴いていたこと、妻のことなどで話したいことがあるから、一度面談の席を設けてほしいと書いてあった。

呆然とウィレムの流麗な字に視線を落としながら、グレイルは痛感した。

ウィレムが二度と姿を現さないでくれたら、女と駆け落ちして、エリーゼを捨てたのであってくれたら……。

心の中で願っていたことがすべて打ち砕かれた、と。

——まともな夫なら、俺とエリーゼを弾劾し、世間に俺たちの関係がどれほど不適切かをぶちまけるだろうな。ウィレム殿が失踪したことよりも、王太子が人妻を囲った事実のほうが、ずっと大きな醜聞になるだろう。

自分だけではない。エリーゼがどれほど責められるかと思うだけで目眩がする。

——それでもエリーゼと別れたくないなんて、俺は多分、もう、狂っている。

留学から帰ってからずっと、自分はこの国のために粉骨砕身しているのだと思っていた。努力を重ね、少しずつでも国を改善していくために生きているのだと……。

大きな失意を抱いていてもなお、最低限の義務感や良心くらいは残していられる自分が、多少は誇らしかった。

でも今のグレイルは、最後の矜持すらも失おうとしている。

『グレイル様のおそばにいたいのです』

エリーゼの震える声が蘇る。

——ああ、俺もだ、俺もお前にそばにいてほしい……。愛している、今でも。

グレイルは、手紙を広げたまま、呆然と顔を覆った。

第六章

音楽会の翌日の夜が来た。

今日もまた、とても遅い時間だ。昨夜はエリーゼは先に休んでしまったし、朝はグレイルが夜明けと共に起きて、すぐに出ていってしまって、話す時間がなかった。

『そばに置いてほしい』という懇願を、グレイルはどう思ったのだろうか。

拒まれはしなかった。だからきっと、彼も許してくれたのだと信じたい。

――いつか機会があれば、愛人志願したという事実だけは訂正したい。私は、誰でもいいからお金のある人に拾ってほしい、なんて思ったことはないもの。だけど、ウィレムのことをまた探すと言われるのが怖くて……どうしたらいいの……。

時計はもう日付を越えている。今日も遅いのかと表情を翳らせたとき、複数の人の足音と、扉の把手が回る音が聞こえた。

「お帰りなさいませ！」

グレイルが護衛の騎士たちと共に戻ってきた。いや、訪れてくれたと言うべきなのだ。ここは愛人の部屋なのだから……。

「皆、遅い時間までご苦労だった」

グレイルのねぎらいの言葉に、騎士たちが敬礼して去っていく。エリーゼはグレイルを迎え入れて部屋の鍵をかけ、彼の上着に手をかけた。

「ご公務、お疲れさまでした」

「……ああ」

今夜はひときわ元気がないようだ。顔色は真っ青で表情も冴えない。

――どうなさったのかしら……。

心配しつつも、エリーゼはあえて明るい声を出す。

「お茶をお持ちいたします。それとも、侍女の方にお願いして、何か夜食を……」

だが、言いかけたエリーゼの唇は、突然の接吻で塞がれてしまった。

――グレイル様……？

なかなか離れない唇を不思議に思いつつ、エリーゼはグレイルから唇を離した。

今夜の彼は、指も唇もとても冷たい。

――何か身体を温めるものをご用意しよう。

だが、茶室の鍵束を取ろうときびすを返したエリーゼの腕は、グレイルの手に掴まれてしまった。

「……っ」

覆いかぶさるように身を乗り出してきたグレイルが、再びエリーゼの唇を奪う。腕の中に閉じ込められたエリーゼは戸惑いに身じろぎした。

こんなふうに執拗に口づけされるのは初めてだからだ。まとわりつくような未知の気配に、エリーゼはされるがままに様子をうかがう。

「お前は……昨夜、俺から逃げないと言ったが」

大きな手が、エリーゼの寝間着の裾をたくし上げる。忍び込んできた大きな手の気配に、エリーゼの肌がぞくりと粟立った。

「本当に……俺がどんな男でも、何をしても逃げないんだな？」

「どういう……意味……ですか……」

ひんやりした掌が、腿の裏側に触れた。エリーゼは恥じらいに身を硬くする。

「ウィレム殿が『お前を帰せ』と俺のところに来ても、お前は俺の愛人でいるのか？」

「は……い……」

グレイルは、平気でこんなことを言う『元婚約者』をどんなふうに受け止めるだろうか。

――なんて薄情な妻だって、呆れるわよね……。

けれどボロボロに疲れ切った彼をどうしても放っておけない。

だからそばに置いてほしい。たとえ生涯誤解されたままだとしても……。

「ウィレム殿と一緒のとき、あんなに幸せそうだったお前が？」

――なんの話？　あんなに幸せそうって？

心当たりのないグレイルの言葉に、エリーゼは目を丸くした。グレイルに、ウィレムといるところを見られたことなどないはずだ。

――わからないわ、本当になんのことなの……？

困惑するエリーゼの身体が、不意に軽々と抱え上げられた。

「俺はひどい人間だ。だからお前もいつか俺を見捨てると思う」

「な……何を……先ほどから……」

すくんだエリーゼの身体をそっと寝台に横たえて、グレイルが覆いかぶさってきた。エリーゼが着ているのは、愛人用の透けた寝間着ではなく、帯で締めたガウンと、普段着ていたような綿のぶかぶかのネグリジェだ。

グレイルの手がガウンを不器用に脱がせ、慎重な手つきで前開きのネグリジェのボタンを一つ一つ開けていく。

ネグリジェの前が開くにつれ、少しずつ露わになっていく肌を凝視しながら、グレイルはどこかぼんやりした口調で言った。

「こんなにも綺麗なんだ。お前を放っておける男なんて、いるわけないいな」

身体からゆっくりネグリジェが引き抜かれる。グレイルは、その下に着たシュミーズも強引にエリーゼの身体から引き抜いた。

「あ、あの、今日はもう……ずいぶん遅いので……お休みになられたほうが」

胸を隠そうとしながら、エリーゼはおずおずと口にする。

だがグレイルは首を横に振った。

「逃げるな」

かすかな違和感が強くなる。話が噛み合っていない。

——私は逃げていない。素振りすら見せていないのに……どうして……？

グレイルは当惑するエリーゼの両手首を合わせ、大きな片手で掴んだ。

「あ……」

「今夜は、お前にもっといやらしい声を上げさせてみたい。色々な本音を聞けるといいな」

そう言って、グレイルは、拾い上げたガウンの帯でエリーゼの手首をあっという間にくくってしまった。

愕然としたエリーゼは、思わず抗議の声を上げる。

「ど、どうして、縛るの……怖い……いや……」

両手首を縛り上げられるなんて、まるで罪人のようではないか。

グレイルは震えるエリーゼの手を頭の上に上げさせ、帯のもう片方の端を、寝台の天板の透かし彫りに通して結びつける。

エリーゼの両手首は、寝台に帯で繋がれ、くくられた格好になってしまった。

「嫌、グレイル様、解(ほど)いてください」

「俺は、絶対にお前の夫がしなかったような抱き方で、お前を泣かせてみたいんだ」

「な……なに……を……」

手首を縛(いまし)められ、抗えない状態で、両脚から下穿きが抜き取られた。全身の素肌が無防備にグレイルの視線にさらされる。

「こ、こんなふうにしなくたって……私は、拒まな……」

不安で声が震える。グレイルは上着の喉元のボタンをいくつか外した。

「……嫌なら、何を言ってもいいぞ。俺を好きなだけ罵れ」

言葉が終わると同時にグレイルが覆いかぶさってきて、震える乳房の先に強く吸いついた。

「あぁ……っ！」

思わず身体をねじったが、手首を縛める帯は緩まない。グレイルはたちまち硬くなり始めた乳嘴を唇で軽くついばみ、舌先でつつきながら、エリーゼの膝裏に手をかけた。

舌先が触れるたびに、つんと立ち上がった乳嘴がじんじんと痺れ、身体を熱くする。

「あ、あ、嫌……くすぐったい……」

音を立ててそこを吸われるたびに、羞恥の火がエリーゼの身体を炙る。

「ン……っ……」

ひときわ強く乳嘴を吸い上げられ、エリーゼは思わず高い声を漏らした。

大きく開かせた脚の間に身体を割り込ませ、グレイルが一瞬唇を離した。

ほっと緩みかけた身体が再び強ばる。だが、今度は乳房の下方部分の柔らかい肌に吸いつかれ、エリーゼは再び身体を固くした。

「い、いや……どうして……胸ばかり……あ……」

焦らすように歯を立てられて、エリーゼの身体がびくんと跳ねた。

「そうだな、胸ばかりではなく、他のところも味わってみたい」

グレイルが顔を上げ、今度は腹部に顔を埋める。さらさらした髪が肌を滑り、恥ずかしさとくすぐったさで、エリーゼは縛められたまま身体をよじる。

「お、おやめ……ください……あぁっ」

「ウィレム殿には、この肌を身体中すべて舐めさせたのか」

普段冷ややかなはずの低い声は、抑えがたい苛立ちと熱を孕んでいる。

「な……！」

とてつもないことを問われてエリーゼの顔がカッと赤らんだ。

「い、いいえ、そんなことは」

ありません、と言いかけたエリーゼの言葉が途切れる。

グレイルの頭がさらに下がっていったからだ。

――う……そ……。

脚の間にグレイルの視線が注がれていることに気づき、エリーゼの身体が震え出す。

いくら身体を揺らしても、そんな場所を間近で見られて恥ずかしくないわけがない。

腿にグレイルの指が食い込み、さらにエリーゼの脚を開かせた。かすかに湿り始めた秘泉の奥が、グレイルの視線にずくんと疼く。

「今、お前のここがぴくぴく動いたぞ。可愛いんだな……身体中……」

言いながらグレイルが淫泉へと唇を近づける。

脚の間に頭が割り込んできて、エリーゼは思わず腰を浮かして、少しでも彼の唇から逃れようともがいた。

「嫌ぁ……ッ……！」

「どうせウィレム殿にはすべて許したのだろう？　俺にもさせろ、全部、何もかも」

力強い手で腿を強く掴まれ、どんなに敷布を蹴っても動けない。

「あ、あ、なに言って……あぁぁあっ！」

グレイルの吐息に触れた秘唇が、びくびくとわななくのがわかった。

「い、いや、そんなところ、駄目ぇ！」

何がなんでも逃れたいのに、捕らわれた身体はまるで自由にならない。

舌先が不慣れな裂け目に触れた瞬間、エリーゼの下腹部がぎゅっと収縮した。

「あ……あぁ……舐めないで……嫌……嫌ぁ……ッ……！」

恥ずかしい場所に顔を埋められ、エリーゼの火照った頬に幾筋も涙が伝った。

「ひ……っ、駄目なの、駄目……あぁ……」

ぴちゃぴちゃと音を立ててそこを愛撫されるたび、エリーゼの身体が強ばり、身体を繋ぎ止める帯がピンと張り詰める。

「あぁぁぁあっ」

舌先が、濡れそぼった蜜口の奥に差し込まれた。淫唇にしゃぶりつかれて、音を立てて貪られ、エリーゼの下半身からがくんと力が抜ける。

「い……いや……いやぁ……」

舌先が中をまさぐるたびに、夜気にさらされた乳嘴が痛いくらいに硬く尖った。息が熱くなり、抗っても抗っても刻み込まれる快感で、視界がぼんやりと曇り始める。

「は……っ……グレイル様……やめて……お願い……」

肩を蹴り飛ばせば、あるいは離れてくれるかもしれない。

けれどエリーゼには、王太子である彼を足蹴になどする勇気はなかった。

「もう……もう嫌……嫌……そんな奥まで……あぁ……っ……」

口の端を涎が伝うのがわかった。

――ああ、なんてこと……。

耐えがたい恥ずかしい姿勢で蜜を滴らせ、泣きながら腰をくねらせるしかできない。

舌で弄ばれていた蜜窟の奥が、もっと奥まで突いてほしいと、怪しく火照りだす。

「い……や……」

息が激しく乱れて声を出すのも苦しくなったとき、不意に唇が離れた。

「お前の腹に俺の子がいれば、誰にも渡さなくて済むな」

――え……？

身体を強ばらせるのと同時に、グレイルがベルトを外し、ズボンの前を開けて昂る自身を引きずり出した。

「世継ぎが必要なら、俺とお前を引き離すなと言えばいいんだ。あの妙な薬は、今後もう支給させない」

エリーゼは無防備に脚を開いたまま、首を横に振る。

——どうして……？　ずっと一緒にいると約束しているのに……。何があったの？

驚きのあまり動けないエリーゼの上半身に、グレイルがのしかかってきた。

縛められたまま凍りついたエリーゼの中に、熱い杭がずぶずぶと沈み込んでいく。

「あ」

熱茎に貫かれ、犯される衝撃で頭が働かない。

それでも、エリーゼの身体は覚え始めた快感をなぞり、グレイルの欲望を貪欲に呑み込んだ。

舌で弄ばれ、散々焦らされて濡れそぼった媚肉が、硬い杭の感触に歓喜して震える。

「俺にはお前しかいないんだ……他の女などいらない。誰にも渡したくない」

グレイルが片手を伸ばし、エリーゼの手首を縛めていた帯をするりと外す。どんなにもがいても外せなかったのに、彼の手で解くのは簡単だったようだ。

エリーゼの両手が、一瞬だけ空をさまよう。

彼を押しのけるべきなのか、抱きしめるべきなのかわからなかったからだ。

「お前がどんな理由で俺の前に現れたのであってもいい……ウィレム殿に返したくない」

——ど、どうして……話が……通じていない……。

戸惑った末に、エリーゼはグレイルの背中に手を回す。

——でも……様子がおかしくても……私にとってグレイル様は、誰より大事な……。

新たな涙がエリーゼのこめかみを伝った。

「グ……グレイル様……あ」

息を荒らげたグレイルが、乱暴なほどの勢いで肉杭を前後させる。

ぬるついた中を熱塊が行き来するたび、開いた脚が愉悦に震えた。耳に触れるグレイルの吐息もさらに激しく乱れ始める。

「私……どこにも……あぁぁ……」

耐えがたい快感に、エリーゼはグレイルの引き締まった腰に脚を絡めた。絶頂感を逃そうと上着の背中を摑み、肩に顔を埋める。

「帰らないって……言ったのに……あぁ……ん……っ……」

何かがおかしい、グレイルは変だと思いながらも、身体を貫く熱に抗えない。

――グレイル様……。

エリーゼは涙をこぼしながらぎゅっと目を瞑った。

「あ……ぁ……っ……」

不安に苛まれる心と裏腹に、身体はグレイルの欲望を受け止めて、絶頂感に爆ぜて蜜を溢れさせる。

「お前がいいんだ……お前がいるときだけ、幸せな気持ちを思い出せる……」

グレイルの腕がエリーゼの腰を強く摑んだ。中におびただしい欲を注がれ、エリーゼはかすれた嬌声を漏らした。

「あぁ、い、いや……こんなに、っ……う……」

たっぷりと欲液に満たされた蜜路から、ぐぷり、と恥ずかしい音がする。奥の深い場所がグレイルの吐いた熱に焼かれ、じわじわと絡みつくような痛みが広がる。

「……っ、は……あ……」

結合部から溢れる白欲にまみれつつも、エリーゼはグレイルの背中を抱きしめた。

──グレイル様がこんなふうになってしまわれたのは、私のせいだ……。

深すぎる悲しみと絶望に流され、ウィレムとの偽装結婚を決めた自分が間違っていたのだ。どんなに苦しくても彼が国に帰ってくるのを待つべきだった。

ウィレムの性格なら、『グレイル様に直接会って気持ちを確かめたいの』と頼めば『じゃあ婚約者のフリして、一緒に待っててあげる』と言ってくれただろう。

今さらながらにエリーゼは強い後悔を覚える。

──まだ……間に合うのかな……傷つけてしまったグレイル様をなんとか元気に……。

我に返ったようにグレイルが身体を起こす。

やつれた顔にはありありと強い後悔が滲んでいた。

縛りつけて無理矢理抱いた自分の行いに傷ついているのだ。自分に厳しいグレイルは、間違ったことをした自分が許せないに違いない。

エリーゼは慌てて手を伸ばし、グレイルの汗ばんだ頬にそっと触れた。

「私は、おそばを離れませんから」

こんな言葉だけで本当に効果があるのだろうか。

考えても、今のエリーゼには何も浮かばなかった。

縛られて番い合った夜から、六日目の朝が来た。

日に日にグレイルの言動はおかしくなっていく一方だ。

「ん……う……」

今日も早朝、寝間着姿のままでグレイルに貫かれ、エリーゼの寝ぼけた身体は官能に炙られて強引に目覚めさせられた。

「あ……やだ……なんで……入って……っ……」

拒もうにもエリーゼの秘所は愛しげに蜜を垂らし、寝間着を通過して敷布に染みとおるほどに濡れそぼっている。

「お前が出ていく夢を見た。どこにも行くなというのがなぜわからないんだ？」

グレイルの声からは、ほとんど感情が感じられない。

「ん……違う……行かな……あ……！」

ひときわ強く奥を突き上げられ、エリーゼの蜜路がぐちゅぐちゅと卑猥な音を立てる。

毎日毎日エリーゼを抱いて、別人のようにやつれていく彼が心配でたまらない。

エリーゼが見ているところでは一度も食事をしていないし、仕事は相変わらず多忙を極めている。

なのにグレイルは、夜が更けても愛人をつぶれるほどに抱き続けて、挙げ句に朝も抱いて。

これでは早晩倒れてしまう。

「行かない……って……ん……んっ……」

昨夜も声が嗄れるまで啼かされたのに。

エリーゼの脚が敷布の上を滑って、くたりと開かれた。

強引に雄の身体を感じさせられて、乳嘴が柔らかい寝間着の下でつんと立ち上がる。それを服の上から強く咥えられ、エリーゼは思わず背を反らせた。

「んあぁ……っ！」

身体の奥から、さらなるおびただしい蜜と、昨夜散々に注がれた白濁が溢れ出す。

「お前はずっと、俺のそばにいてくれるんだろう？」

グレイルは、昨夜も果てた直後に同じことを聞いてきた。

何度『はい』と答えても、エリーゼの言葉は砂に吸われた水のように消えてしまう。

エリーゼは何も言わずにグレイルの首筋に手を回し、息を乱しながらも、彼の頭に自分の頭を優しく擦りつけた。

「はい……行きま……せん……ひう……っ」

そう答えるのも限界だ。立て続けに欲望の火で焼かれた器は、溢れる愉悦に悲鳴を上げて強く収縮する。

「俺は……俺は何を……」

小さな声でグレイルが言い、エリーゼの頭を抱え寄せて結合を深めた。時々我に返ったように正気になるのがますますエリーゼの悲しみを倍増させる。

「ん……っ……う……」

身体中でグレイルに縋りつき、執拗なほどに長い吐精を受け止めて、エリーゼはしゃくり上げるような声と共に果てた。

——どうしよう……グレイル様が……お壊れになってしまったかも……。

逞しい肩越しに寝台の天蓋を見つめながら、エリーゼは呆然と思う。

宮殿に『赤ちゃん用の可愛いくるみボタン』を届けに来たはずが、わけのわからない展開が続き、最終的には王太子殿下を壊してしまうなんて。

こんな展開、本当にありえない。

自分が招いているかもしれない大災厄を早くなんとかしなければ。

——とりあえず、今日も、お仕事は普通に行かれたわ……。

明らかに痩せ始めたグレイルを不安な面持ちで見送り、エリーゼはため息をつく。

「痛っ……」

下腹部に鈍く強い痛みが走り、エリーゼはかすかに顔をしかめた。月のものが来る前はいつもお腹が痛いが、今回は相当痛い。

——あの薬……飲みすぎると月のものが狂うのかも……。

初めてあの薬を飲んだのは、いつも月のものが来る日の五日ほど前だった。一度飲んでからは、調子が狂ったのか、一度もそれが来ていない。

もしかしたら、あの薬には生理を一時的に止める副作用があるのかもしれない。

——この感じだと、今日あたり始まりそうなんだけど……。

週に二度までと言われた薬を、今朝でもう、立て続けに六回も飲んでしまった。

グレイルは次からは薬をくれないと言うので、今日飲んだ分で終わりだ。瓶はもう空っぽになった。

——諦めて一人子供を作れば……元気になってくださるのかしら……。

抗いがたい諦めが、どっと押し寄せてくる。

同時に、現実的な計算が頭の中で行われだした。

可哀相なのは生まれた子供だ。

いずれは父親から引き離される。子供にはなんの罪もないのに。

大きくなったら『自分はお父様から見捨てられたんだ』と思ってしまうかもしれない。

しかし、王家から支給される王族年金があれば、きちんとした学校に入れることもできるし、その子次第だが、真面目に育つかもしれない。

年金があれば、エリーゼも貧困に喘ぐことなく、我が子の教育にしっかりと気を配れるだろう。

あとは悪い人の詐欺に遭わないよう気をつけ、グレイルからも可能な限り手厚く支援を受けられるようにするしかない。

父親として定期的に子供に面会してもらうとか、色々と方法はあるはずだ。

——落ち着きなさい。今から年金をもらって子育てすることを真剣に計画してどうするの。それよりもグレイル様のお心の健康を取り戻すのが先でしょう……でも、私に子供ができない限りあのままかも……。

思考は再び王族年金の件に戻った。

強制的に一児の母にされそうな身としては、絶対に見過ごせない問題だからだ。

——落ち着こう。私もあまり寝ていないから頭がおかしくなっているかも。グレイル様につられては駄目よね。

だが、現実的かつ打算的なことを考えているときだけ、元気でいられるのも確かだ。グレイルへの思いなんて真剣に考え始めたら辛くなる。

八歳の頃に初めて彼と出会った時のことを思い出したら、目の前が涙でぐにゃぐにゃに歪んだ。優しい両親の顔、澄ました不機嫌なグレイルの顔、もう取り戻せない過去が一気に蘇って、嗚咽が止まらない。

——辛い時に自分から悲しくなるのだけは、絶対駄目なのに……。

エリーゼはぼろぼろ涙をこぼしながら顔を手で覆った。どうしてこんなにも情緒不安定なのだろう。グレイルの気鬱が移ってしまったのか。

そう思った瞬間、お腹の奥から熱いものがどろりと溢れ出す。最近、毎日グレイルから念入りに注がれ続けているものかな……と思いかけたが、多分違う。

エリーゼは慌てて手洗いに駆け込み、数分後、大きなため息と共に室内に戻ってきた。

——心が静まった……。

なぜ月のものを迎えると、荒れ狂っていた心がすっと凪ぐのだろうか。

女学校の頃の友人たちは『始まって数日はずっと不機嫌で家族にも当たってしまう』と言っていたり、『あんまり変わらない』と言っていたり、人によって色々だった。

エリーゼの場合は、始まる数日前は落ち込んでどうしようもなく、始まるとすぐにストンと落ち着く。今回もそうだった。

——しかし……今回は重いわ……。ゆっくり休もう。お腹が痛すぎる。やっぱり薬は指示されたとおりに飲まないと駄目なんだわ。

座っていても横になってみても痛いので、エリーゼは少し痛みを緩和しようと部屋を歩き回った。しかしどの姿勢も意味がないほどに痛みが強かった。

——鎮痛剤をいただこうかしら？

下腹部に手を当てて顔をしかめていると、部屋の扉が叩かれた。

「エリーゼ様、来客の方が……」

侍女が困惑したように告げる。来客など今まで一人もいなかった。『未婚の王太子が突如囲った閨のご指南係』を訪れる勇気のある人間などいないからだ。

――この前の音楽会でお会いした誰かかな？

そこまで考え、とても嫌な予感がした。

そもそも、グレイルが来客を通していいと言うとは思えない。彼はエリーゼを無理矢理閉じ込める代わりに、周囲の嫌がらせからは守ってくれようとしている。

――間違いなく、ただのお客様ではないわね。

「どなたでしょうか？」

おそるおそる尋ねると、侍女はやや困り気味に目を伏せた。

「マンディ侯爵家のご令嬢です。先日の扇を返してほしいと」

――扇……？　あ……！

宣戦布告よろしく叩きつけられた扇を思い出し、エリーゼはサッと青ざめた。扇を取り返しに来たというのは、決着をつけに来たという意味かもしれない。

――私、決闘は負けでいいわ……と言いたいところだけれど、私が引っ込んだら、リヴィアナ様は、グレイル様のところに自己主張に行くのでしょうね。

音楽会の会場外で、グレイルに結婚を迫っていた剣幕を思うとげんなりする。同時に、目の下を真っ黒にしたグレイルの顔が浮かんだ。

彼だけはこれ以上壊れないようにエリーゼの手で守らなければ。

心労を覚えると同時に、下腹がズキズキ痛み始める。

最悪の体調であの我儘なお嬢様の相手をせねばならないと思うと憂鬱だ。

──対応方法は、その場で考えましょう……。

エリーゼは重い足取りで侍女の後に続いた。あまりにお腹が痛くて途中足が止まりそうになるほどだ。

我慢して平静を装いつつ、エリーゼは塔の入り口側にある応接室に通された。

貧血を起こしそうなので、早く話を終わりにしてほしいとため息をつく。

応接室も、王太子の目に触れる場所にふさわしく豪奢に整えられている。置かれたビロウド張りの長椅子に、リヴィアナがつんと顎を上げて腰を下ろしていた。

エリーゼは深々と頭を下げ、痛むお腹をかばってリヴィアナの傍らに立った。

「ごきげんよう」

「ごきげんよう、リヴィアナ様」

傲岸なリヴィアナの挨拶に、エリーゼは目を伏せ気味にして答える。

「二人にして」

侍女に命じ、リヴィアナは座ったままエリーゼをねめつけた。

「あの……扇はグレイル様の秘書官の方にお預けしました」

侍女が出ていったのを見計らっておそるおそる切り出すと、リヴィアナが吐き捨てるように言った。

「どうでもいいのよ、あんな扇！　それより貴方、夫に何を探らせているの？」

──夫……？　ウィレムのこと？

エリーゼは眉をひそめた。そういえばグレイルは、ウィレムが何かを調査しているようだと言っていた。

「わかりません、夫は突然出ていってしまったので」

「王室付きの侍女を何人も口説いて、色々なことを聞き出しているというじゃないの」

——女の子を口説く……？

ますますエリーゼは眉をひそめる。彼が女の子を口説くなんてありえない話だ。もちろん、口説く振りならばそれは上手にできるだろうけれど。

「……わかりません。夫は出ていってしまって音信不通ですし、今、消息を聞いて驚きました。私とは別の女性と交際したくなって、色々声をかけているのかもしれませんね」

エリーゼは冷めた口調で、ひねり出した嘘を口にした。だがリヴィアナは柳眉を吊り上げて立ち上がり、エリーゼを指さして言った。

「しっかり捕まえておきなさいよ！　夫が浮気しないように……っ！　あの男はね、こそこそと私のことを……」

「夫が、リヴィアナ様のことを調べ回っているのですか？」

エリーゼは腹痛に耐えつつ尋ねた。だが、その質問に、リヴィアナが目に見えて慌てた様子になる。

「い、いえ、違うわ。とにかく色々と嗅ぎ回っているのよ。たとえば、そう、貴方とグレイル様の不貞の証拠とか……そういうものを探しているに決まっているわ！」

——不貞の証拠も何も……私は夫が行方知れずになり、生活に困窮して王太子の愛人を志願した女ではないのかしら？　今さらなんの証拠を探すというの。これは多分、リヴィアナ様のでまかせだわ。

エリーゼはお腹を掌で温めながらじっと様子をうかがう。

「いいこと、エリーゼさん、今すぐに貴方の夫を止めなさい。色々とこそ泥みたいに嗅ぎ回るのはやめてって。そ、そうだ。あの夫との結婚生活を続けるならお金をあげるわ」

「それは……グレイル様の愛人を辞退しろと言うことですか」

「えっ……？　え、ええまあ、そうよ」

リヴィアナの目が泳いだ。やはりおかしい。今のリヴィアナは、グレイルに執着しているというよりも、別の何かに怯えているよう見える。

その時、カチャッと扉が開く音がした。エリーゼは素早く視線を扉に向ける。半開きで誰が入ってきたのか見えない。

——誰が来たのか確認に行きたいけれど、それよりも、リヴィアナ様が妙にそわそわしているうちに聞き出せることを聞こう。

「では、グレイル様にウィレムの件を調べてくれるようにお願いしてみます。私の夫がグレイル様に迷惑をかけているのであれば、夫婦で罰を受けますわ」

「な……っ！」

エリーゼの言葉に、リヴィアナが血相を変えた。

「駄目よ！　グレイル様に言うのは！」

いぶかしく思う気持ちがますます強くなる。

――そういえば音楽会でお会いしたとき、リヴィアナ様は『痛い目に遭ってなぜ、懲りずにグレイル様のそばにいるのか』と言わんばかりだったわ……。

エリーゼが身を引いたのは、婚約者候補の解消通知が一方的に送りつけられてきたからだ。誰かに嫌がらせを受けたからではない。

強いていうなら、エリーゼに痛い目を見せたのは『婚約者候補解消通知』だ。

なのに、なぜ、リヴィアナはあんな言い回しで、当てこすりを言ってきたのだろう。

それにグレイルには『ウィレムが王宮勤めの女の子に何かを聞き回っている』ことを告げるなと言い張るのも怪しい。

エリーゼはもう少し揺さぶりをかけると決め、静かな口調で言った。

「いいえ、グレイル様にまずご報告します。ことによっては、私は愛人の地位を降ろされるかもしれませんが、甘んじて罰を受けようと思います」

そう言ってエリーゼは、ドレスをつまんで頭を下げた。

「では、今からグレイル様に目通りをお願いして参ります。夫がこれ以上ご迷惑をおかけする前に早く対処してかなければ」

エリーゼはそう言って扉に向けて歩き出す。

「待ちなさい！」

勢いよく腕を摑まれて引き留められ、踏みとどまれずにエリーゼはよろめいた。朝から散々抱かれて、脚に力が入らなかったのだ。

「きゃあっ！」

傾いだエリーゼの身体は、そこにあった長椅子の木の肘掛けに倒れ込んだ。どしん、という大きな音と共に、強かにお尻の骨を打ちつける。

「痛……っ……」

涙が出るほど痛い。お尻に痣ができたに違いない。

しかもお尻を強打したショックで、やや落ち着いていた生理痛が強烈な痛みと共に復活した。お腹だけではなく腰骨も胃もあらゆるところが痛い。

踏んだり蹴ったりだ。痛すぎて涙が出てくる。

「い、いや……痛い……うぅ……」

お腹を押さえてうずくまったと同時に、お腹の奥からどっと熱いものが落ちてくる。身に覚えのある嫌な感触がお尻のあたりに広がった。

――量が多すぎたわ。下着が汚れてしまう……急いでおいとましなきゃ……。

じわじわと血が布に広がる嫌な感触を覚えつつ、エリーゼは脂汗まみれになって、なんとか立ち上がろうとした。

――早くお手洗いに行って綺麗に直してこよう……！　で、でも、立てない、お腹もお尻も痛すぎる。

うめいていたエリーゼは、第三者の気配にはっとなった。

「え……いやだ……なに……どうしたの、どこが痛いの？　ど、ドレスに……血……」

セレスの声が聞こえて、ぐらっと視界が回る。

――どうして今、こんなときに、セレス様がいらしたの！

エリーゼはうずくまったまま大丈夫、と言おうとした。

だが、それより先にセレスが部屋を飛び出していく。

「大変！　大変よ！」

エリーゼのほうが大変だ。どうかこれ以上の恥を王宮中に拡散しないでほしい。『王太子殿下の筆下ろしをした女』という不名誉な称号だけでもうお腹いっぱいなのに。

「ま……待っ……」

床を張ってでも追おうとしたエリーゼは、たくさんの人たちが駆けつけてくる気配にがくりと力尽きた。容赦なく状況を拡散された。もう遅かったのだ。

「いかがなさいました！　エリーゼ様！」

「お腰からひどく出血なさっていると聞きましたが」

多分、今のエリーゼなら泣いても許されると思う。

「あ、あの、大丈夫……大丈夫です……」

気づけば騒ぎを恐れてリヴィアナも姿を消しているではないか。

セレスの『大変！』という声が遠ざかっていくのも最悪だ。

──セ……セレス……様……ッ！

どこにどんなでたらめを拡散しに行く気なのか。

災厄の星の力がすごすぎて、もう言葉もない。

侍女たちに助け起こされ、エリーゼは地獄の底から這い上がるような声で懇願した。

「お、お手洗いに……行かせてくださいませ……」

お腹が痛すぎて吐き気がする。

半泣きで『大丈夫です、月のものが重いんです……それと転んでお尻を強打して、立てなくて……』と事情を説明し、痛いお尻をさすりつつお手洗いに駆け込み、着替えて、ドレスを可能な限りしみ抜きして衣装係に預け、エリーゼはどっと疲れて寝台に潜り込んだ。

──事件が起きすぎよ。

エリーゼは毛布に潜り込み、丸くなった。

──あんな失敗、本当に恥ずかしいわ。それに、リヴィアナ様は何を隠しているの？　ウィレムが調べ回っていて、リヴィアナ様に都合が悪いことってなんなんだろう。グレイル様に知られたらまずいことって……。それよりも、セレス様は何を誤解してどこに行ったのかしら。捕まえに行きたいけれど、正直、とても疲れたわ……。

毛布をかぶって丸くなっているとお腹が温かい。

それにこの姿勢だと、しくしく痛む下腹部を適度にかばえてほっとする。

いつの間にか眠っていたエリーゼは、扉が蹴破られんばかりの勢いで開けられて、はっと目を開けた。

「エリーゼ……っ！」

かぶっていた毛布が引き剥がされ、どこかへ投げ飛ばされた。

「エリーゼ、無事か！」

大声で名を呼ばれ、エリーゼは唖然として声の主、グレイルを見上げる。公務中の彼は、朝同様、きっちりと王太子の衣装を着こなしている。

寝ぼけ半分のエリーゼは、目を擦ってグレイルに尋ねた。

「あら……もうお昼ですか……？」

グレイルは、正装のまま寝台に上がり、座り込んで、エリーゼをガタガタ震える手で抱き起こし、冷え切った広い胸に抱きしめた。

「ぶ、無事……なのか……」

声も震えている。だんだん頭がしゃきっとしてきて、エリーゼは目を丸くした。

「どうなさったのです？　いったい何が？」

お尻を長椅子の肘掛けで強打しただけの自分よりも、明らかにグレイルのほうが様子がおかしい。

「お、お前の腹の子が流れたのではないかと、姉上が言いに来て……」

グレイルの腕の中でエリーゼは凍りついた。

——なんですって……？　私の赤ちゃんが……？　そんなの、いないのに！

グレイルが真っ青になっている理由がわかり、エリーゼも蒼白になる。大誤解だ。

「姉上が、自分が身重だったとき、母子の命に関わるから絶対に転ぶなと念を押されたのに、お前は転んでしまったようだと。お前が血まみれだったと言われて、な、何が起きたのか、俺には、まだよくわからないが……」

グレイルの震えが一向に止まらない。エリーゼは慌ててグレイルの胸を押しのけて、彼の真っ青な顔を見上げた。

「あ、あの、グレイル様、大丈夫です！　私には、まだ赤子はできておりません！　そんなにすぐにはできませんし、血まみれにもなっていません！」

声を張り上げて言い終えた瞬間、恥ずかしさが一気に襲ってきた。

「私は薬を飲んでおりましたし、も、もし……ここ数日で授かりましても……お腹でしっかり赤ちゃんの形になるのは、少し先かと……」

勘違いも無理はない。

昔から女性をそばに寄せなかったグレイルが、女性の身体の事情に詳しいなんてまずありえないし、いくら姉が四人いるとはいえ、さすがに高貴な弟に、そんなことまで赤裸々には教えなかったに違いない。

言い終えると同時に、再びグレイルの腕がエリーゼを抱き寄せた。

「無事なのか」

必死の力で抱きしめられて、エリーゼは何度も頷いた。

「本当に？　無理をして隠していて、後でこじらせたりしないんだな？」

「はい、誤解なんです。妊娠はしていません」

もう一度繰り返すと、グレイルの全身から力が抜ける。

「……よかった。俺の誤解か。それならよかった」

グレイルの声は震え、目には涙が滲んでいた。

「騒いですまなかった。赤子とお前が死ぬのかと思って、俺は、怖くて、頭が真っ白になってしまって……」

放心したように涙を流すグレイルを慰めようとしたエリーゼは、はっと身体を離して、姿勢を正した。

誤解が解けたのなら、まずはじめに伝えるべきことがある。

そう思いながらエリーゼは慎重に口を開く。

「あの、グレイル様、恐れながらお聞きください。もしグレイル様の御子を授かっていたら、セレス様のおっしゃるように転ぶのも命取りの状況になります。身重の間は吐き気で何も飲食できない場合もありますし、お産で死にかける可能性もあります。ですので、愛人のままグレイル様の御子を宿すのは、少々私には荷が重すぎます」

言い終えて、エリーゼはため息をついた。

——私の話っていつも情緒がないわ。でもこれは事実だから、受け入れていただかないと。

それにちょっとご寵愛も控えていただかないと……グレイル様のお身体に障るし……という

か、もう明らかに悪影響が出ているし……。

そう思いつつ、エリーゼはグレイルの顔を見上げた。

——グレイル様が泣いた顔なんて、初めて見る。

エリーゼは手を伸ばしてグレイルの涙を拭う。

彼の滑らかな頬を濡らす涙を見ているうち、自分の目からも涙が溢れてきた。

好きな人が自分を案じて泣いていたら、ありがたくて、申し訳なくて、こんなにも泣けてしまうものなのだ。

離れている間、グレイルをずっと孤独にしてしまった己の罪深さを改めて痛感する。

——やはり、こんなに私を案じてくれる人に『お金目当てで愛人志願してきた』なんて誤解をさせたままではいけないわ。どうやってウィレムのことを避けて説明しよう。

エリーゼの言葉に考え込んでいたグレイルが、疲れ果てた顔で口を開く。

「……今日の夕方、ウィレム殿が王宮に来る」

予想外すぎる言葉に、エリーゼは目をまん丸に見開いた。

——どういうこと？　ウィレムは何をしに来るの？

慌てて考えてみたが、彼の訪問理由が色々と想像できすぎて、一つに絞れない。

『愛人なんて駄目！』とエリーゼを呼び戻しに来るのか、何やら嗅ぎ回っているという調査の件で話があるのか、騎士団を勝手に辞めたことのお詫びに来るのか、それとも全然別のことなのか。

「きっとウィレム殿は、俺を弾劾しに来るのだろう」

「弾劾……でございますか……」

エリーゼの脳裏に『悪い子ね。私の奥さんを寝取った罰よ！』と嬉々としてグレイルに襲いかかるウィレムの姿が浮かんで、慌てて打ち消した。

――さすがに王子様にまで、『おいた』はしないよね……？　突然彼氏さんと恋の逃避行をしたこともそうだけど、年々ウィレムの自由度が増していて不安なのよ……。

固唾を呑むエリーゼの様子を『夫に責められ不安に怯えている様子』と思ったのか、グレイルがやや声を和らげた。

「愛人のままで、俺の世継ぎを生ませるのが無理なことは、お前に指摘されて痛いほどにわかった。俺の頭がどうかしていたことを詫びさせてくれ。俺はウィレム殿にお前を返したくなくて、まともにものを考えられなくなっていた」

グレイルが冷静さを取り戻した口調で言い、汚れた顔を手の甲で拭う。

「だが、俺はどうしてもお前と一緒になりたい。もうお前を失いたくないんだ。だからウィレム殿に、お前と離婚してくれと何度でも頼んでみる……今日から、何度でも……」

「グレイル様……」

エリーゼの目から再び涙が溢れた。

「私も、グレイル様のおそばを離れたくありません。どんな身分であっても、ずっとおそばに置いていただきたいのです」

言葉が終わると同時に、エリーゼの身体がそっと抱き寄せられた。

「俺はもう、お前を愛人のままにはしない」

うめくような声音には、強い後悔が滲んでいる。

だが、後悔しているのはエリーゼも一緒だ。

どうしてあのとき、どうして、と、エリーゼはひたすらに運命を嘆いていた。

しかし今では、それは間違っていたとわかる。

悔いるべきは、自分の行いだったのだ。

「あのとき、一方的な解消通知で諦めずに、グレイル様の帰国をお待ち申し上げるべきでした。ごめんなさい、グレイル様」

涙を流しながら言うと、グレイルは弱々しく首を横に振る。

「違う。お前は何も悪くない」

グレイルの声音には、昔と同じ優しさが溢れていた。

溢れ出す涙が、さっき着替えたばかりの服に、点々としみを作っていく。

『失った時間を取り戻せるかもしれない』という希望が、疲れ果てていたグレイルに、本来の活力を取り戻させてくれたのか。

もしそうだとしたら、エリーゼがグレイルのそばにいる意味は、ちゃんとあったのだ。

――私の心の中から、グレイル様が消えたことは一度もなかった。他の人を好きになるつもりもなかった……だから……グレイル様のおそばにいられる今の私は、とても幸せだわ。

グレイルの心に再び寄り添うことが許されるのかもしれない。エリーゼの心に、希望が湧き上がる。

――決めた。グレイル様と一緒に、国の皆様から怒られよう。誰に何を言われても、私はグレイル様のおそばにいたい。これからもずっと、グレイル様をお守りしたい……。

そう思い、エリーゼは涙を拭って、グレイルに告げた。

「グレイル様、私も、夫に話があります。話し合いのお席にご一緒させてください」

第七章

その日の夕刻、エリーゼは部屋まで呼びに来たグレイルの秘書官たち、そして塔付きの侍女たちに伴われて『面会室』に向かった。

――ウィレムはもう、ここに来ているって……。

緊張で硬くなりながら、エリーゼは案内された王太子宮の本棟の玄関を通り抜ける。

さすがに、世継ぎの住まいだけはある。本棟はエリーゼのいる塔よりも、はるかに優美で壮麗な装飾で覆い尽くされていた。

――あれもこれも、先祖代々受け継がれてきた高価な装飾や絵画なのでしょうね。

見事な室内をやたらに見回さないよう、エリーゼは視線をつま先に固定する。

「応接室はこちらでございます。殿下は後ほどおいでになります」

秘書官に丁寧な口調で案内され、エリーゼは深々と頭を下げた。

――ウィレム……。

緊張を解けないまま室内を見回すと、部屋の隅の長椅子にまっすぐに姿勢を正して座る青年の姿が見えた。

「ウィレム！」

エリーゼは思わず早足でウィレムに歩み寄る。

ウィレムも立ち上がり、両手を広げてエリーゼを迎え入れてくれた。

「ああ！　エリーゼ……」

温厚な印象の緑の目が、エリーゼの姿を認めて嬉しげに細められた。

エリーゼによく似た明るい金の髪が、きらきらとした光をあたりに振りまく。

質素でかっちりした服に包まれた身体は、昔同様すっきり引き締まり、男らしく逞しいままだ。

彼がやつれていないことに、エリーゼはほっと胸を撫で下ろした。

相変わらず、ウィレムが微笑んでいるだけで、周囲が明るい光で塗りつぶされたように思える。久しぶりに目にする独特のまばゆさに、エリーゼはそっとため息をついた。

「ごめん、急にいなくなって……不安な思いをさせて本当にごめん」

エリーゼを優しく抱いたまま、ウィレムが低い声で言った。

取り巻きの娘たちが『聞くだけでうっとりしちゃう』と頬を染めていた甘く艶やかなよそ行きの声だ。彼の本当の姿を知らなければ、きっとエリーゼの胸もときめいただろう。

——グレイル様とは、本当に何もかもが正反対だわ。

皆の憧れでありながら、怖がられて遠巻きにされている猛禽のようなグレイルと、優しくて花のように美しい、たくさんの人を吸い寄せて放さないウィレム。

どちらも綺麗な男性なのに、別の生き物のようだ。

エリーゼはウィレムの腕から離れ、顔をしかめて彼に尋ねた。

「今までどこにいたの？　お義父様が心配しすぎて、心の風邪で寝込んでしまったのよ！

大変だったんだから！」

エリーゼの言葉に、ウィレムが尋ね返してきた。

「僕も聞いていい？　君は今、グレイル様の元にいるんだろう？　それって……」

ウィレムがやや当惑したように言いよどむ。

――そうだわ、ウィレムは私の事情をどこまで知っているのかしら。説明しなくちゃ。グレイル様の愛人をしているなんて言ったら、怒られそうだけれど。

口を開こうとしたエリーゼは、鋭い視線に気づいてはっと振り返った。

部屋の入り口で、グレイルが燃えるような目でウィレムを睨みつけている。だが、エリーゼの存在に気づいたのか、はっと表情を改めた。

「……皆は室外で待機していてくれ」

威厳に満ちた冷ややかな声で命じられ、護衛や秘書官たちが一斉に頭を下げた。

グレイルがゆっくりとこちらに歩み寄ってくる。

――怖い顔をなさっているわ……いきなりウィレムを叩いたりなさらないわよね？

不安で胸がどきどきと高鳴る。その時、ウィレムが流麗な仕草で騎士の敬礼をし、床に膝をついて頭を垂れた。

エリーゼも慌てて、ウィレムに倣って床に膝をつき、頭を垂れる。

「王太子殿下、本日はお目通りをお許しくださり、ありがとうございました。ウィレム・バートンと申します。どうぞよろしくお願いいたします」

あまりにも普通の挨拶に、グレイルが虚を突かれたように一瞬動きを止め、すぐに頷いた。

「……構わない。二人とも顔を上げてくれ」

エリーゼは顔を上げ、そっとウィレムの顔を盗み見た。

――いけないわ！

見慣れたエリーゼにはわかるが、若干ウィレムの顔が赤い。だがグレイルにはわからないほどの、些細な表情の変化だろう。

エリーゼの胸に、じわりと嫌な予感が湧き上がった。

――ウィレム、あの……駄目よ……？　真面目で厳格で禁欲的な美青年が大好きなのは知っているわ。グレイル様は最高に貴方好みの殿方なのよね、何度も二人でグレイル様の話をしたもの、ちゃんと覚えてる……でも駄目よ……？

固唾を呑んで見守るエリーゼの傍らで、ウィレムがぱあっと顔を輝かせるように微笑んだ。

「間近にお目にかかるのは初めてですね。光栄です、嬉しいです、嬉しすぎて、さっきからなんだか胸が苦しいな」

「え……？　あ……？　ありがとう……」

グレイルがかすかに身じろぎした。

おそらくグレイルは、ウィレムから『妻に何をした！』と問い詰められる心構えでここにやってきたのだ。

自分を面罵するはずの相手から妙な気配を感じ、警戒しているに違いない。

「緊張してしまいますね、グレイル殿下と一対一でお話ができるなんて」

「本題に入ってくれ」

厳しい声で命じられ、ウィレムの耳がポッと赤くなる。

――どうしたの、ウィレム……。

エリーゼは念のため、いつでもウィレムを取り押さえられるように身構えた。

半年会わない間に、彼の『同性愛者であることを隠したい』という決意がどこまで変わったのかわからなくなり、自信がなくなったからだ。

ハラハラするエリーゼの前で、頬をほのかに染めたままウィレムが口を開いた。

「それではお話しさせていただきます。まず一つめ。私はとある女性から『五年前、王家から妻宛に送られた婚約者候補解消通知の偽造に関わった』と告白されました」

険しい顔をしていたグレイルが、驚愕したように目を見開く。

「な……なんの……話だ……？」

エリーゼも驚きのあまり、ウィレムの横顔を見つめた。

「その女性は王宮で勤めていた侍女で、その偽造行為に加担した後、退職したそうです。現在は騎士団の若手が行きつけにしている酒場の給仕をしています」

グレイルの眼差しが再び険しくなった。

「彼女は僕に言いました。『私、リヴィアナ様に頼まれて、役所に届ける書類の束に、一枚書類を混ぜたんだ。そうすればお金をくれるって言うからさ……なのに結局、払われずに無視されて終わったの』と」

ウィレムは何かを考え込むように胸に当てた手を軽く握り、話を続けた。

「彼女は、王宮で作成された重要度の低い書類を、『王室庶務課』へ運ぶ仕事をしていたそうです。王族からの簡易な依頼は、日に一度まとめて『王室庶務課』に送られ、そこの役人が精査した上で、承認されますよね」

確かに、グレイルからの招待状は、役所の『王室庶務課』から送られてきていた。その書類に、グレイルからの自筆の手紙が添えてあったのだ。

もちろん返事も、母が役所宛てに送り返していた。

役所を通す理由は、来訪者の履歴を残したり、警備の人数を増やしたり、王太子の予定を調整したりと、役人の仕事が絡むからだと聞いている。

――私宛てに送られてきた解消通知が、本物ではなかったということ？

心臓に氷を押し当てられたような気がする。

立ちすくむエリーゼの視界の端で、グレイルが口を開いた。

「ああ、そうだ。ただし当番の侍女には、運搬用の袋を開けるなと命じている。厳封もしているはずだ」

「その件は、僕も不思議に思ったので聞きました。王室庶務課に着いた後、偽造の通知書を入れた封筒を取り出して『床に落ちていましたよ』と差し出したら、受け取ってもらえたそうです。重要案件は、庶務課では扱いませんからね。僕も何度か打ち合わせに伺ったことがありますが、のんびりした部署でした」

青ざめてウィレムの話を聞いていたグレイルが、腕組みをして納得したように頷いた。

「……婚約者候補解消通知は、通常、相手方の家から頼まれて送るものだ。別の縁談を進めたいから、体裁上必要と言われた場合にな。だから庶務課に任せていた」

ウィレムはグレイルの話が終わると同時に、優しくエリーゼの肩を抱き寄せる。

「エリーゼ、君が婚約者候補から外されたのは、陰謀だったようだよ。王宮で色々な女の子に聞いたけれど、五年前にリヴィアナ様の関係者から、怪しげな仕事を持ちかけられた侍女は何人かいたらしい。ただ皆、万が一にも職を失っては嫌だと断ったようなんだ。さすがに他の侍女は彼女と違ってしっかりしているね」

グレイルは厳しい顔のまま、ウィレムに尋ねた。

「ウィレム殿は、なぜその話を知っている、なぜ偽造した通知書を不正混入させた女が、君にその真実を伝えたんだ？」

「彼女曰く、リヴィアナ様がそこまで本気で嫌がらせをするくらいだから、王太子殿下は僕の妻、エリーゼによほど入れ込んでいたのだろうと。だから、エリーゼと離婚して独り身を貫かれる王太子殿下に押しつけ、手切れ金を貰えばいいと勧められたんです。そして、情報提供者である私に、その金を山分けしてくれと。……それが彼女の言い分です」

地獄のような沈黙が室内を支配した。

不正が大嫌いなグレイルの不機嫌が痛いほどに伝わってくる。

「事情はわかった……だが、なぜそれを俺に言いに来た？」

グレイルの眉根には深いしわが刻まれている。強い怒りを感じ取り、エリーゼは思わず祈りの形に手を組み合わせた。

「ウィレム殿は行方不明だった間、ずっとそのことを調べていたのか」

「ここ最近は友人の助力で、別件を中心に調べていたのですが、その流れで一年ほど前に持ちかけられたこちらの件が再び気になりまして。人目につかないように王都に来て、時折王宮勤めの女性たちを呼び出し、当時の事情を聞いて回っていました」

「……調査のために不在にしていたのか。しかしなぜ、長期間音信不通になったんだ？　エリーゼは就労経験もないのに。なぜ、弱い立場の彼女を放置していったんだ」

厳しい声でグレイルが問う。

――そ、それを聞かれたら……！

エリーゼの身体がびくりと震えた。

「失踪の振りを続ければ追っている標的を油断させられるかなと思いまして。エリーゼはしっかりしていますし、財産もちゃんと分与してありますから大丈夫かなと思って」

ウィレムが微笑んだまま、あっさり答える。

強い口調でグレイルが詰め寄る。

「申し訳ないが、エリーゼにも黙っていたのは理解できない。彼女は再会したとき、とても疲れ切っていた。彼女にどれほど心配をかけたかわかっているのか？」

ウィレムは、照れくさそうな柔らかな声で答えた。

「おっしゃるとおりです、先ほど妻にも叱られて謝りました。婚姻法上、妻からの離婚請求が一方的に認められるのは、夫の失踪期間が百日以上の場合です。もうその期間は過ぎましたね。僕といたしましては、このまま離婚でいいかと……」

グレイルが目を見開き、動きを止める。ウィレムは空気を読んでいないとしか思えない、明るい声で続けた。

「だけど、滞在先で噂を聞いた時は驚きました。僕の妻が王太子殿下の愛人だなんて」

嫌な沈黙が流れた。

いまいち噛み合っていない会話にハラハラするエリーゼの前で、グレイルが大きな手を握りしめ、かすかに震える声で言った。

「そうだな……愛人呼ばわりさせたのは俺だ。構わない、なんとでも言ってくれ。俺は……言い訳はしない」

「いえ、そもそもエリーゼを一人にした僕が悪いので、殿下に不満を申し上げるつもりはありません。ですが、僕たちが離婚してから彼女を正式にお迎えいただくのでは駄目でしたか？　エリーゼが愛人なんて呼ばれるのは、さすがにちょっと可哀相では？」

グレイルがますます青ざめる。

「何を他人事のように！」

グレイルの声にも顔にも、深い怒りが滲み出ていた。

「いえ、僕は本当に、エリーゼが好きな人と結ばれてよかったと思っているんです」

ウィレムの理解しがたい態度に焦っていたエリーゼは、その瞬間ぱっと閃いた。

――あ……い、いけないわ……！

エリーゼは焦りながらも、ウィレムの横顔を見上げる。

グレイルとウィレムの会話が嚙み合わないわけがやっと理解できた。

ウィレムは『もうすでに、自分の性癖はグレイルに知られている』と思っているのだ。

結婚にまつわる誤解を解くために、エリーゼが勝手に説明したと考えているに違いない。

恋しい男に勘違いされないよう、真っ先に話したはずだ、と。

――私はまだウィレムの秘密をグレイル様にしゃべっていないわ……。どんなに困った状況だったとしても、勝手に言うわけにはいかないもの……！

「それは……俺と彼女への当てこすりか……？」

地を這うような声音でグレイルが言う。

「いいえ、祝福です。二人ともお幸せにと申し上げているつもり……なのですが……」

ウィレムも、なぜ話が通じないのだとばかりに、不審げに眉根を寄せる。

その表情が、グレイルの怒りに決定的に火をつけたようだ。

「俺には何を言ってもいい、俺は君に殴られても罵られても仕方がないと思っている。だがエリーゼを浮気女のように扱うのだけは絶対にやめろ！」

グレイルの剣幕に、ウィレムがはっとした顔になった。

『私の性癖のこと、しゃべっていないの？』と唇の動きと仕草で問いかけてくるウィレムに、エリーゼは慌てて頷いてみせる。

「いいえ、本当に違うのです。僕の話が通じないわけがわかりました。今から説明を……」

言いかけたウィレムの言葉を遮り、グレイルが大きな声でまくし立てた。

「黙れ。俺は君がエリーゼを愛し、人生をかけて守ってくれる人間だと思ったから、あのとき、君たちの結婚を受け入れて祝福の手紙を送ったんだ！」

グレイルの血を吐くような言葉に、エリーゼの脚が震え出す。

今の会話が大変な誤解の上に成り立っていることがよくわかるし、グレイルがどれだけ傷つき続けてきたのかと改めて突きつけられて、胸が張り裂けそうに痛い。

グレイルは耐えかねたように、ウィレムの襟首を摑む。

「無責任な君に、エリーゼを責める権利はない！」

「あんッ！」

ウィレムが悲鳴を上げる。

エリーゼには聞き慣れた悲鳴だが、聞こえてはいけないはずの悲鳴だった。きっとびっくりして、反射的にいつもの声が出てしまったに違いない。

グレイルが唖然とした顔で、手を放した。

——だめ……。

エリーゼの頭の中が真っ白になる。

だがなんとか誤魔化さねばと、慌てて二人の間に割り込み、グレイルに向き直った。

「グ、グレイル様……あの……お茶を持って参りましょうか……お話が長くなっ……」

「いいのよ、エリーゼ」

背後から、『いつもの口調』のウィレムの声が聞こえた。

声が据わっていて異様な気迫を感じる。

エリーゼは真っ青になって、ウィレムを振り返った。

「駄目よ、ウィレム……せっかくがんばって隠してきたのに……」

ウィレムは口元に妖艶な笑みを浮かべて片方の手を腰に当てる。女王のごとき鮮やかな存在感を放つウィレムの様子に、エリーゼは呆然となった。

「私がお話しするから大丈夫。殿下、ちょっとお部屋の隅にいらして」

「……なんだ？」

一方のグレイルは、何が起きているのかわからない、と言わんばかりの表情だ。

強ばった顔のグレイルの肩をがしりと抱いて、ウィレムがゆっくりと部屋の隅へ歩いていく。エリーゼはハラハラしながら二人の背中を見守った。

二人はエリーゼに背を向けたままだ。

無理矢理グレイルの肩を抱いたまま、ウィレムが尋ねた。

「まだおわかりにならないかしら？」

「何がだ。失踪の理由を誤魔化そうとしたって無駄だぞ」

グレイルの答えに、ウィレムの横顔が薄い笑みを刻む。

「……私が女に欲情するとでも思っていらっしゃるの？　鈍い王子様ね」

「そんな話はしていない、はぐらかさずに失踪の理由を答えろ」

頑なグレイルの耳元に、ウィレムが唇を寄せた。

「……じゃあ教えてあげる。私の大好物は、貴方みたいな真面目で意固地な童貞なの。いい加減気づきなさい、この可愛い王太子様め」

言葉と同時に、ウィレムの空いたほうの手が、彼らの身体の前あたりでモゾッと動いた。

「な……ッ！　どこを触……ッ……！」

グレイルの凄まじい怒声に、エリーゼは飛び上がりそうになった。

——ど、どうなさったの？　グレイル様に何が？

だが、エリーゼのいる場所からはその手は見えず、何が起きたのかわからない。

「な、何をしているの、ウィレム！」

エリーゼが思わず叫んだ時、バァンと音を立てて部屋の扉が開く。

二人ははっとしたように身体を離した。エリーゼも仰天して扉を振り返る。

「エリーゼさんの旦那様が来ているんでしょう！　は、話があるの！」

そこに立っていたのは、セレスだった。

何をしに来たのかなんて、聞かなくていい。

ろくでもないことが起きるのは確定だからだ。

「誤解なんです、エリーゼさんの旦那様！　彼女は、グレイルの筆下ろし係の募集に応募してきたのは、エリーゼさんじゃないの！」

「えっ……なんの募集とおっしゃいましたか……？」

さすがのウィレムも目が点になったようだ。口調はよそ行き用に戻っている。

「グレイルの筆下ろし係です。姉として弟のために募集したのよ」

男性二人の沈黙が重くて、いたたまれなすぎる。

「だけど顔合わせの日、応募者さんが無断で約束をすっぽかしたの。でも、約束の時間に、エリーゼさんがたまたまお城に来たのよ。だから私、彼女が応募者さんだと思い込んで、引き受けたからにはちゃんとやりなさいって、その仕事を押しつけてしまったの」

「なぜ……そんな重要な話を……今頃になって……」

グレイルの声は地割れが起きそうなほどに低く、苛立ちに満ちていた。セレスは怯えたように、小さな声で答えた。

「本来の応募者さんがさっきお城に来たからよ……。愛人になったエリーゼさんがそれは素晴らしい宝石を身につけていて、王太子に溺愛されていたって噂が流れたらしくて、やっぱり私がやるって。本来私の仕事だったのにずるいって言い出して、暴れて壺や置物を壊してしまったの。衛兵に噛みついて侍女も突き飛ばして。それで今は、牢屋にいるわ」

グレイルとウィレムは何も言わない。エリーゼも呆れ果てて言葉が出てこない。

「それで、もう、お母様が天地がひっくり返るほどに私を怒って、王族の愛人などという存在を公募で集めることが、どれだけよくないことかわかったかって」

まだ誰も何も言わない。王妃が言うことが正しすぎるからだろう。

「そしたら、ザイナが部屋に来て教えてくれたの。グレイルのところに、愛人の行方不明だった元夫が来ているって。王太子が妻に手を出したことに、苦情を言いに来たに違いないって。そうしたら、お母様は怒るどころか泣きながら『セレスが悪い』とおっしゃったの。エリーゼさんの夫が行方不明なのを知っていて雇用した私が悪いって。こういう問題が起きるから、セレスは余計なことをしては駄目なんだって」

——王妃様は、何も間違っていないわ……。

王妃の心労を思うとエリーゼまで胸が痛くなる。

「だから……私、自分のしたことの責任を取ろうと思って、エリーゼさんの旦那様に謝りに来たの。エリーゼさんは無理矢理私に愛人役を押しつけられたのよ。グレイルだって、エリーゼさんが来てくれて嬉しかっただけだと思う。だから愛人に迎えて童貞も捧げてしまったのよ。この五年、どんな女の子も拒絶して手がつけられなかったけれど、エリーゼさんならよかったってことなんだわ、多分」

「よくわかった。姉上は出ていってくれ」

グレイルのきつい声音に、セレスが怯えたように肩を波打たせた。しかしセレスは、負けじと声を張り上げる。

「あのね、エリーゼさんの旦那様、グレイルはずっとずっと、エリーゼさんしか好きじゃなかったのよ。手違いで婚約者候補から外してしまったときも、傷ついて荒れ狂って大変だったの。お母様はあの子たちに悪いことをしたと、毎晩泣いていたって侍女頭が教えてくれたわ。でも、エリーゼさんが結婚したと聞くまで、王家側は、解消通知が送られたことも知らなかったんだから！」

「……姉上、出ていけと言わなかったか」

「グレイルを許してあげて！」

「もういいから出ていってくれ！」

セレスは弟に強く叱責され、とぼとぼと部屋を出ていこうとして、足を止めた。振り返った表情には強い苛立ちが滲んでいる。

「お母様は『今さら何を言っても言い訳だから』とおっしゃって黙っていたけれど、今のストラウト侯爵夫妻が『エリーゼさんを王家で保護したい』というお母様の提案を断ってきたのよ！『自分たちが爵位を継ぐ代わりに、姪のことは面倒を見る』って！その後すぐに、エリーゼさんは結婚なさったの。私たちにはそうとしか見えなかったんだから！グレイルこそ、エリーゼさんのことを、いつまでも家族のせいにして怒り続けたりしないで！」

そう言って、セレスは小走りで部屋から出ていった。

――そんなふうに……すれ違っていたなんて……。

エリーゼの目に涙が滲んだ。

グレイルは姉が出ていった扉を見つめ、何も言わずに佇んでいる。

エリーゼに歩み寄り、ウィレムがそっと肩を抱いてくれた。

「ごめんなさいね、エリーゼ。もっと早く帰ってくればよかったわ。私ね、ダリルの力を借りて、エリーゼの叔父夫婦のことを調べていたの」

「え……あの……愛の逃避行……じゃなくて、誘拐されたのよね……？」

驚いて尋ね返すと、ウィレムが頬を染めて頷いた。

「そうよ。でも私……駆け落ちに三日くらいで飽きちゃって……」

絶句するエリーゼに照れたように微笑みかけ、ウィレムは続けた。

「飽きたから帰るって言ったら、ダリルがすごく慌てて、すごいネタを持っているから一緒に調べようって言い出して。『お前の嫁の実家の件に関わった詐欺師を知ってる、富裕層の間でも、あいつはヤバいって噂になってるんだ』って教えてくれて」

どうやらダリルは、ウィレムの気を惹くために『妹』の実家が詐欺同然に奪われた件を持ち出したらしい。

「でね、ダリルが言うには、その詐欺師が、今のストラウト侯爵夫妻から多額の謝礼を受け取って、先代夫妻の一人娘から爵位や財産を奪うための協力をしたのではないかって。調べるなら人手も金も出すから、もっと一緒にいようと言い出して……」

そう言うと、ウィレムは何かを思い出すように、緑の目を翳らせる。

「五年前は私も力不足で、エリーゼをお嫁さんにして守るしかできなかったわ。でも、今は多少知恵もついたし、ダリルのお金と人脈も借りられる。だから、この際存分に調べさせてもらったの。今日はその結果を届けに来たのよ。こっちが本題なの」

そう言ってウィレムは空いたほうの手で上着の前を開け、分厚い封筒を取り出した。

「はい、王太子様、よろしければお持ちになって、私の温もりの残った封筒」

グレイルが鬼の形相でその封筒を受け取った。エリーゼは固唾を呑んで二人のやり取りを見守る。

「何が入っている」

「ストラウト侯爵家における不正な代替わりの証拠よ。ついでに、婚約者候補解消通知を偽造した件の証言者の一覧も入れておいたわ……もしかしたら、マンディ侯爵家もその詐欺師に絡んでいるかもしれないわね。エリーゼにだけ立て続けに不幸が起こりすぎですもの。まるで、『王太子様の婚約者に選ばれた』せいで、腹いせに狙い撃ちされたみたいだわ」

グレイルの表情が覿面に凍りつく。

エリーゼも言葉を失った。確かに、両親の事故は悲しい偶然だったけれど、その後、狙い撃ちのように悲しいことが連続しすぎた。愛する人と結ばれる未来を奪われ、両親が守ってきた侯爵家まで奪われて……。

「君の言うとおりだ。今の指摘を頭に入れた上で、この件の調査を進める」

「ええ、そうしてちょうだい、私の杞憂ではなさそうだから」

微笑んだウィレムが、不意に顔を歪める。

「あのね、殿下……、私はずっと同性愛者であることを隠したかったの。バレたらどんな目に遭うか、歴代の彼氏や同じ性癖の友達を見て、痛いほどにわかっていたから。だから追い詰められているエリーゼに、奥さんの振りを頼んだの。お互いにかばい合いましょうって……けれど、今になって思えば、そんなことをしなければよかった。貴方たち二人に辛い時間を過ごさせてしまって、ごめんなさい」

——ああ……。

エリーゼの胸に強い後悔が広がる。

ウィレムにこんなことを言わせてしまって、悲しくて仕方がない。

それに、グレイルに対しても、ウィレムをかばうためにずっと嘘をついていた。

清廉潔白なグレイルは、エリーゼが嘘をついていたことをどう思っただろう……。

嘘の内容など関係ない。

エリーゼが自分を騙し続けた事実そのものを許せないと思ったに違いない。

グレイルは気持ちを落ち着かせるように大きく息を吸い、伏し目がちな表情で言った。

「わかった。俺のほうこそ、言いづらいことを言わせて申し訳なかった。ウィレム、君の勇気に感謝する。このような不正が真実であれば決して見過ごせない、君の調査結果を精査して、王家のほうで再調査させていただく」

ウィレムは安堵したように頷き、静かな声で言った。

「私は、エリーゼと離婚できる体裁を整えるわ。これから、勇気を出して、自分が同性愛者だと告白するつもり。貴方たちの今後は二人で考えてね……ある意味私よりも、貴方たちのほうが大変でしょうけど」

「君は、今後はどうするつもりだ」

「そうね……外国人街に住んで、これまであまり接してこなかった異国の方たちと仲良くなってわかったの。この国が並外れて私みたいな『規格外』に厳しいんだってこと。だから、別の国に行ってもいいし、外国人街にしばらく暮らしてもいい。とにかく私はもう、エリーゼを犠牲にしてここにしがみつこうとは思わないわ」

涙が溢れて止まらなくなる。

美しくて賢くて、どんな人も魅了するウィレムが、自分を偽り、別人として生きているのは、傍目で見ていても辛かった。苦しんでいる彼を絶対に守らねばと思っていた。だが彼はもう、誰の助けを借りずとも生き抜く決意をしたのだ。

──ウィレム……。

エリーゼはそっと涙を拭った。

泣きながら『君のドレスが羨ましい』と言った幼いウィレムの顔が思い出される。

ウィレムがいつか堂々と好きな格好をして、好きな人の前に立てるといい。そんな日が来ればいいと、心の底からそう思う。

「……わかった。何かあれば俺に相談に来い。いつでも構わないから」

グレイルは静かな口調でそう言い、エリーゼのほうを向いて話を続けた。

「次の仕事がある。エリーゼ、お前は部屋に帰って休んでいてくれ。後で話をしよう。では、失礼する」

穏やかな声音にエリーゼはぎゅっと唇を噛んだ。

この五年間で一番傷ついたのはグレイルだ。

だから、エリーゼには言い訳する権利などない。

グレイルは騎士団の幹部を緊急招集し、ストラウト侯爵家の代替わりに関する一連の調査を指示した。

当然ながらリヴィアナの尋問も行う。エリーゼの実家に対して行われた不正な爵位継承に、マンディ侯爵家が関わっていないかも、水面下で調査を進めることを決めた。

ウィレムのまとめた資料は的確で、有能な幹部候補生だった、という評判を裏づける出来だった。

その後は夜更けまで本来予定していた仕事に追われ、自分のことを考える余裕など、一秒もなかった。

——今までは、半ば自暴自棄になって仕事を受けすぎていたな。

ふと、そんな反省点が浮かぶ。

仕事以外に生きがいがない。見合いの予定など断固入れられたくない。余計なことを考えない時間が欲しい。

そう思いつめ、仕事だけを優先しすぎてしまったのだ。

一瞬だけでも王太子宮に戻り、エリーゼに何か声をかけようと思うが、笑ってしまうくらい時間がない。

水を飲むにも『来客を待たせてくれ』と秘書官に頼まねばならない始末だ。

疲れ切ったグレイルは、護衛たちを従えて、本宮の執務室から王太子宮に戻った。

「今日は自室でお休みになられては……」

駆け寄ってきた侍女頭のザイナに諫められたが、グレイルは首を横に振った。

「いつもどおりに過ごす」

「エリーゼ様は、諸事情で、本日は殿下のお相手が難しゅうございますが」

口調には隠しきれない『愛人』への嫌悪が滲んでいる。

「別にいい。俺はエリーゼと一緒に過ごせれば、それで充分だから」

正直にそう言うと、ザイナは驚いたように目をまん丸にした。

他の侍女から、ザイナが『殿下が性欲解消のための相手を囲うのも、それを嬉々として受け入れた元婚約者も汚らわしい。殿下に長年お仕えしてきたのに、今後はどんな顔で殿下に接すればいいかわからない』とこぼしていた、という話は聞いている。

エリーゼを強引に自分のものにした後ろめたさで、昔から仕えてくれた者たちに、自分の気持ちなど一切話さずに今日まで来てしまったせいだ。

頭ごなしに『エリーゼを軽く扱うな』と命令するだけのグレイルに、ザイナや侍女たちは、不承不承従っていたに違いない。

王族付きの侍女は家柄もよく、誇り高い者ばかりだ。金目当てに脚を開く女と、それを囲う男に仕えるなんてさぞ屈辱だっただろう。

特に幼い頃から面倒を見てくれたザイナは、どれほどグレイルに失望したのだろうか。

——当たり前のことなのにな……俺はどれだけ余裕がなかったのだろう。

口にしなければ、誰にも何も伝わらないのだ。何を話そうと迷った末、グレイルは口を開いた。

「詳細はエリーゼの夫の事情もあってまだ言えないのだが、エリーゼが愛人に志願してきた件は、間違いだったと判明した。皆には心配をかけてすまなかった」

ザイナが困惑した顔で目を伏せる。その話が本当なのかわからないという表情だ。

無理もない。だが、グレイルとしては本当のことを言うしかない。

「君たちに失望されていることは理解している」

グレイルの言葉に、ザイナがびくりと肩を震わせる。なぜ自分の愚痴の内容を主人に知られているのかと怯えた表情だ。

「俺とエリーゼのことは、今後の行動で判断してほしい」

しばらく押し黙っていたザイナが、小さな声で答えた。

「……私どもとて、グレイル様は尊敬に値するお方だと思ってお仕えしたいのです。お心を率直に打ち明けてくださって、ありがとうございました」

ザイナの表情から困惑の影は消えなかった。

だが、周囲に抱かせてしまった不安や不信感は、グレイル自身の行いで解消するしかない。

「恐れながら……今のお話を伺って少々安堵いたしました。では、失礼いたします」

そう言って、ザイナはきびすを返し、本棟の私室へと戻っていった。

グレイルはエリーゼの部屋の手前で足を止め、護衛たちにねぎらいの言葉をかけて、扉を開く。ドアを開けた刹那、エリーゼの短い悲鳴が聞こえた。

「きゃ……！」

服装確認用の鏡に背を向けてもぞもぞしていたエリーゼが、慌てたように寝間着の裾を下ろす。だが、グレイルの目には白く美しい脚が焼きついた。

「失礼」

冗談めかして声をかけると、エリーゼが首筋まで真っ赤になった。

「い……いえ……あの……湯浴みを終えたので、打ち身の薬を塗ろうかと思いまして！　あ、グレイル様、お帰りなさいませ！」

どうやら、昼に強(したた)かに打ちつけたという尻の手当てをしていたようだ。

グレイルは思わず笑ってしまった。

「俺が塗ってやる。来い」

「い……嫌……です……！」

グレイルは長椅子に腰を下ろし、鏡の前に立ったままのエリーゼに言った。

「お前のことだ、これからも尻やら背中やらをぶつけるんだろう？　いずれ俺が薬を塗る日が来る。だから諦めて俺に見せろ」

エリーゼが赤い顔のまま、口をわずかに開けた。

——本当に……初めて会った日から、お前はずっと可愛いままだ。

えもいわれぬ甘い幸福感がグレイルの胸に広がった。怒りも苛立ちも劣情もなく、ただ素直にエリーゼを愛しいと思えるなんて、五年ぶりのことだ。

「ほら、こっちに来い」

エリーゼが真っ赤に染まった情けない顔で、とぼとぼとこっちにやってきた。

指にはてんとう虫の指輪が光っている。そういえば、ここ数日、ずっとつけてくれていた。心に余裕がなくて、その理由を深く考えていなかった。けれど……。

「裾をまくって持ち上げておくんだ」

言いながらグレイルは怪我の具合を覗き込む。

——よくもまあ……こんな大痣を……。

震いつきたくなるような美しい曲線を描く尻の下部に、掌くらいの大きな痣がある。グレイルはエリーゼの手から取り上げた軟膏を揃えた二本の指に伸ばし、ぐいと塗った。

「痛っ……」

痣が痛むのか、エリーゼがか細い声を上げる。

「ちょっと我慢してくれ、薬が硬くて伸びないから」

軍務に就いていた頃、訓練で毎日のように身体中に打ち身を作り、歯を食いしばって薬を塗っていたことを思い出す。

まさか同じことを、人生でただ一人惚れた女にする日が来るとは思わなかった。

「できた。念のためハンカチを下着に挟んで、塗り薬の上にかぶせておく」

そう言って、グレイルは懐から取り出したハンカチを痣の上に当てて、下着に挟み込み、寝間着の裾を下ろした。そういえばこのハンカチは彼女が作って、上着の隠しに入れておいてくれた品だ。

ここ数日は嫉妬に狂って、ハンカチのお礼を言うことすら忘れていた。

「薬がベタベタだから、乾くまではハンカチは落ちないと思……」

言いかけたグレイルは、目を見張った。

エリーゼの目から大粒の涙が溢れ、こぼれ落ちていたからだ。

「どうした？」

エリーゼは何も言わずに、小さな手で顔を覆ってしまった。少し待ってみたが、泣きやまない。グレイルは腕を伸ばして、そっとエリーゼを抱き寄せた。

「そんなに痛かったか？」

エリーゼが腕の中で首を振る。

「ど……どうして……こんなに……普通に……話しかけて……くださるの……」

泣いている理由は大体グレイルの予想どおりのようだ。

グレイルはエリーゼをよりしっかりと抱きしめて、小さな頭に頬ずりした。

「お前は、部屋に入るなり、尻を鏡で見ながら俺を出迎えてくれたからな。深刻な話などできなかった」

「……っ、もう、おっしゃらないで！」

小さな拳がぽすんと音を立ててグレイルの胸を叩いた。痛くも痒くもない。なんてか弱い拳だろう。

こんな華奢な身体で、エリーゼは両親と実家を失い、一方的に婚約破棄され、ウィレムの秘密を守るためだけの結婚生活を送り、そして、グレイルから『愛人志願者』と呼ばれる理不尽に耐えてきたのだ。

「エリーゼ、俺はお前に償いたい」

グレイルの胸に顔を押しつけて泣きじゃくっていたエリーゼが、驚いたように顔を上げた。

「え……な……何をですか……？」

大きな緑の目は、本気でわからないとばかりに見開かれている。

「俺はお前の無私の味方ではなかった。お前を疑って、ひどい仕打ちを何度も繰り返した」

エリーゼの目に、さらに涙が溢れ出す。

大きな目を充血させて、エリーゼは言った。

「普通は……怒ると……思います……怒らないほうが、変です……」

「五年前、お前を愛している、妻に迎えたいと言ったくせに、俺はお前を疑ったんだぞ」

「私の隠していたことを、全部見抜いて許してくださるほうが、ありえないです……」

エリーゼの言うことは、相変わらず冷静で公平だ。大袈裟（おおげさ）なことは言わないし、感情に任せて余計なことを言ったりしない。

子供のようにしゃくり上げていても、エリーゼの言動は昔と全然変わらない。

彼女の花のような容姿の中には、常に冷静な視点を失わない、誰に対しても優しい魂が変わらずに息づいているのだ。

「だって……ウィレムは、あんな外見なのに女の子なんですよ。信じられますか。絶対にわからないでしょう。誰からも疑われたことはなかったわ！」

「だから妬けるんだ、阿呆……」

グレイルは身をかがめ、エリーゼの額に口づけた。

「俺がウィレム殿の秘密を知って、嫌悪して不利益を与えると思ったのか？」

グレイルの問いに、エリーゼが首を横に振る。

「いいえ。でも、誰が何を聞いて、どう考えるかは、私にはわからないから……私が救われるために、勝手にウィレムの秘密を売ることは……できませんでした……」

抑えがたい愛しさが込み上げてきて、グレイルはエリーゼの頭を胸に抱え寄せた。

「俺は、お前を尊敬する」

「こんなに、散々グレイル様を振り回したのに……ですか……？」

グレイルの胸に額を押しつけたまま、エリーゼが言った。

「惚れたお前に振り回されるなら悪くないな」

心の底から出た言葉だった。

エリーゼの泣き声がさらに激しくなる。

泣きじゃくるエリーゼの背中を撫で、グレイルは万感の思いを込めて告げた。

「時間がかかるかもしれない。だが今度こそ最後まで守る。だから俺と結婚してくれ」

エリーゼの指が、グレイルの上着をぎゅっと掴んだ。

長い柔らかな髪を撫でながら、グレイルは静かにエリーゼが泣きやむのを待つ。

どのくらい時間が経っただろう。

エリーゼは、涙でぐしゃぐしゃの顔を上げ、赤い唇を震わせて答えてくれた。

「はい……グレイル様……」

エピローグ

グレイルの調査により、王家の目を盗んで様々な悪事を働いていた人々が検挙された。

エリーゼの実家ストラウト家を奪った現当主夫妻と、彼らに加担し、役人とつるんで不正な書類を偽造していた詐欺師は、今は牢に入れられている。

詐欺師の証言で、さらなる大物が芋づる式に捕まった。

その人物は、マンディ家の当主だ。

社交界の事情に明るいマンディ侯爵は、『次はあの家を狙うといい、目の利く親戚がいないから簡単に仕事ができる』などと詐欺師に助言し、引き換えに多額の謝礼を受け取っていたという。

侯爵だけでなく、夫人も、令嬢も、友人や取り巻きから得た貴族の情報を横流しして、大金を受け取っていたらしい。

『元々大金持ちなのに、なぜ詐欺師に協力を……』と、社交界の人間たちは呆れ果てた。

だが、金はどんなにあっても、もっと欲しくなるものらしい。

——自分で歯止めをかけねば、とどまれなくなり、そのうち悪事に手を染めても金を得ようと考え始めるのだろう。

グレイルはマンディ侯爵家の人々の証言を聞いて心の底から実感した。

マンディ侯爵家の当主は詐欺師をけしかけ、ストラウト侯爵位を、先代の弟夫妻に継がせる手助けをしよう、あいつらからなら金を山ほど引っ張れる、と助言したそうだ。

エリーゼの父の弟夫妻は素行が悪く、遠ざけられていたという。

証言に立ったエリーゼは『葬儀の直後、突然疎遠だった叔父様と叔母様が訪れてきて、自分たちがストラウト侯爵家を継ぐと言い出して、驚いたのです。ですが、二人が怖い印象の人たちを連れていたので、逆らわずに母方の伯父の元に逃げました』と言った。

その後もウィレムや彼の父兄の助言に従い、叔父夫婦とは関係を持たず自分の安全を優先したらしい。

『関わったらロクなことにならないから、縁を切ってバートン家の養女になりなさい』と、ウィレムの父は提案し、その流れでエリーゼは同性愛者のウィレムと偽装結婚して、叔父夫妻と完全に縁を切った。

新侯爵夫妻は、エリーゼが正当な権利として保持している遺産の一部にも未練を示していたが、彼女が他家に嫁いだことで干渉を諦めたようだ。

エリーゼは当然、しかるべき筋に訴え出ることも考えた。

だが、なかなか詐欺師や叔父の犯罪の証拠を手に入れられず、周辺を怪しげな男たちがうろつくようになったので、バートン家の人間にこれ以上迷惑をかけないよう、縁切りで手を打つことにしたと証言した。

もう一つ、婚約者候補の解消通知が偽造された件は、リヴィアナの独断で行われたことが確認された。

王家の汎用印は、詐欺師が持っていた『仕事道具』を借りたという。

リヴィアナから受け取った偽造書類を混入させた女は、あっさりと減刑と引き換えにすべての証言を引き受けた。

『ひどいんですよ。リヴィアナ様はお金を払ってくれなかったんです、せめて脅しのネタにしようかと思ったんですけど、それすらもうまく行かなくて最悪ですよ……』

最後にリヴィアナは、自分が捕まったことについて最後まで怒り狂っていた。

『候補の中で一人だけ贔屓されているエリーゼが目障りだった。もし解消通知が偽物だとバレても、失意の底であんな連絡を受け、心が折れて病人にでもなればいいと思った。今でもあのエリーゼが目障りだ。私ではなくあんな女がかばわれることが許せない』

そう言って譲らなかった。

裁判が進む中で、ウィレムは『俺が口利きをするから騎士団に戻らないか』というグレイルの提案を断り、『別の土地へ行くわ』と答えた。

旅立つ日、ウィレムは、最後にグレイルとエリーゼに会いに来た。

『父と兄たちは、お前が元気で、自分で自分の人生に責任を取るならそれでいいと言ってくれたわ。本当の私を告白したら去っていった友達もいるけれど、私を嫌いにはならないと言ってくれた人もいた。だから、まだサレス王国には失望していないわよ。納得いくまで自分の生きやすい場所を探したいだけ。私だってまだ若いし、冒険したいのよ』

『ええ、でも、私は寂しいわ……』

涙を流すエリーゼに、ウィレムは片目を瞑ってみせた。

『音信不通になるわけじゃないわよ！　今度はちゃんと手紙を書くし、貴方や父さんの顔を見にマメに帰ってくるから』

その日のウィレムの服装は、爽やかな男性の格好だった。彼が女装で訪ねてくる覚悟を決めていたグレイルは緊張を解き、それも似合う、と遠慮がちに褒めた。

『女の子の格好よりも、圧倒的にこっちのほうがモテるのよね……だからもう、私が素敵に見えればこだわらなくてもいいかなって。自由に選べると思うだけで心が楽になるわ』

ウィレムはそう言って、エリーゼとグレイルの頬に、それぞれ優しい口づけを残して去っていった。

――ん？　一人で発つと言っていたが、ダリル・アッドマンは置いていくのだろうか。

エリーゼが『ウィレムは、魔性の女なんです』とこぼしていたのを思い出す。

グレイルは妙な感心をしながら、ウィレムの凛とした後ろ姿が廊下の奥に消えるまで、扉のそばに立って見送った。

◆

叔父やマンディ侯爵家の人々の裁判が進む中、エリーゼの住む場所は王太子宮の本棟の、グレイルの広い私室へと移された。

　王太子宮の物置には、子供用の台や椅子がしまわれている。

　幼児向けの左右に把手がついたティーカップや、可愛い食器や匙も、布にくるまれて大切に収納されていた。

　――グレイル様も使われたお品かもしれないわ。子供用なのに、素敵な陶器だこと。

　グレイルは小さな頃、王太子夫妻だった両親や姉たちと共にここで暮らしていたのだ。

『俺はこの子供用の椅子に座らされて、乳母や母上の匙で食事を口に運ばれるのを嫌がったそうなんだ。届きもしないくせに大人用に座らせろと泣いて、自分で食べたいとまた泣いて。本当に手がかかる子供だったらしい』

　風格ある子供用の椅子を撫でながら、グレイルは笑っていた。

　どんな些細な思い出話を聞いても、エリーゼの胸は幸せに満たされる。

　幼児の頃のグレイルもきっと、可愛くて頑固で真面目な、愛おしい男の子だったのだろう。

　想像すると、エリーゼの顔はほころんだ。

　時計に目をやると、もう遅い時間だ。

　グレイルは少しずつ仕事を人に任せるようになり、日付が変わる前には帰ってくるようになった。今日もそろそろ戻ってきてくれるだろう。

　エリーゼを王太子妃に迎える件は、法律の専門家を王家に招き、審議が続いていた。離婚経験のある女性が王太子妃になる前例がないからだ。

反対する意見も多いが、グレイルは『明確な法的根拠がない限り、反対は受け入れない』と言い切り、エリーゼを実質的に『妃』として扱ってくれている。

愛人の塔にいた頃は冷たかった侍女たちも、日に日に、少しずつ、エリーゼへの態度を軟化させ始め、グレイルの伴侶として扱ってくれるようになった。

それに、叔父夫婦からストラウト家当主の位を取り戻すこともできた。天国の父母も安心してくれただろう。王太子妃になれても、この地位は保持し続けるつもりだ。

——毎日が穏やかになってきて、とても嬉しいわ……。夢のよう。

問題児のセレスは、ようやく嫁ぎ先の公爵家に戻った。

領地の視察で数ヶ月家を空けていた夫の公爵が、妻が母に叩き出されたと知って大慌てで迎えに来たのだ。

公爵が連れてきた三人の子供たちも『お母様に会いたかった』と言って、泣きながらセレスにしがみついていた。

変わった女性ではあるが、夫と子供にとっては愛する妻で、母親らしい。

『妻がご迷惑をおかけしたかと思います。申し訳ありません。本当に申し訳ありませんでした。今後もきちんと色々言い聞かせて参ります』

夫の公爵はありとあらゆる関係者に頭を下げて回り、エリーゼとグレイルには土下座せんばかりに謝罪してくれた。

『公爵は本当に心が広いお方なのだ。両親も俺も姉たちも、彼には頭が上がらん。姉上も、公爵のお陰でとてもましになった。あれでもな……』

グレイルは遠い目をしてそう教えてくれた。

——八方丸く収まった……のかしら。

そういえば、最近は災厄の星の気配を感じない。

油断はできないが、エリーゼの運命も落ち着いたのかもしれない……。

——今日からあのお薬を服用していいのよね？

エリーゼは鏡台に歩み寄り、かつて処方されていた避妊薬を取り出した。

正式に妃として迎えられ結婚式を挙げるまでは、子供は作らない。

グレイルは王太子なので、挙式は他国の貴賓まで招待して、壮大に行わねばならないのだ。緻密な準備や計画のもとに行われる『国家行事』に、妊娠や出産が影響したら困る。

——皆さんは、もし重なっても負担がないように助ける、グレイル様のお世継ぎも大事だと言ってくれるけれど、私の運の悪さが不安なの。突然産気づいて、式場で赤ちゃんが生まれてしまうとか。私なら、そのくらいしでかしかねないわ……。

災厄の星の実力を発揮する場は、極力なくしていきたい。

エリーゼは心の底からそう思っている。

だが、連続服用で月のものが大きく狂った話を医者に相談したら『身体の調整機能が壊れるので、二ヶ月薬を休んでください』と言われてしまったのだ。

グレイルは二ヶ月、実直にエリーゼにつき合って我慢してくれている。

――『口で最後までしてもらうのはエリーゼに悪い』とおっしゃるし、ご自分の手で扱いて、私のお腹の上に出されるのも物足りないご様子だったわ。私の胸で挟んで、気持ちよくして差し上げるのが一番よかったみたいだけれど。

この二ヶ月、二人で不器用に解消法を考えたが、どれも完璧な方法ではなかった。

思い出すだけで恥ずかしい。

でも、彼の欲望を宥める工夫をするのは、誰にも言えない愛しい秘密の時間だった。

淫らな工夫を回想して熱くなった頬を押さえたとき、部屋の扉が開いた。

護衛を引き取らせたグレイルが、笑顔で部屋に入ってくる。

「ただいま、エリーゼ」

こんなに機嫌のいい彼は珍しい。彼はエリーゼを抱きしめ、明るい声で言った。

「やっと、結婚の許可が正式に下りた」

突然もたらされた朗報に、エリーゼは思わずグレイルの顔を見上げた。

「ほ……本当ですか！　お許しいただけたのですか……！」

「ああ、母上が『エリーゼ嬢は見た目に反して腹が据わっていて、気に入っている』と口利きしてくださったのが決め手になった」

――腹が据わっている……？

まるで心当たりがないが、結婚を認めてもらえたことは本当に嬉しい。

エリーゼは満面の笑みを浮かべて、愛しいグレイルの身体に抱きついた。

「嬉しい……これで胸を張って、グレイル様のおそばにいられますね」

言い終えると同時に、グレイルの大きな手が、エリーゼの顔を上向かせる。

輝くようなグレイルの笑顔が近づき、滑らかな唇がエリーゼの唇を奪う。ぴったりと身体を寄せて唇を貪り合ううちに、身体の間に勃ち上がる、熱い昂ぶりを感じた。

——あ……。

エリーゼは頬を染め、そっとその熱杭に手を伸ばす。愛しさを込めて優しく握ると、グレイルの身体がかすかに震えた。

初めの頃は驚愕されたこの行為も、今では二人にしかわからない合図になっている。グレイルもそれで構わないと言ってくれた。

エリーゼの纏う手の込んだドレスを慣れ始めた手つきで脱がせながら、グレイルが赤い顔で囁きかけてきた。

「今日も、お前さえよければ……その……この前のように胸で……」

囁きの内容に、エリーゼもつられて真っ赤になり、グレイルの上着のボタンを外しながら答えた。

「い、いえ……今日は普通に……薬を服用できますので……」

そう告げると、再びグレイルの唇がエリーゼの唇を奪う。ドレスのホックがすべて外され、エリーゼは縛めから解放された。

二人で広い寝台にもつれ込みながら、纏っていた衣装をもどかしく脱ぎ捨てる。

厚みのある逞しい身体に組み敷かれ、エリーゼの唇から甘い吐息が漏れた。

グレイルはエリーゼの脚を開かせ、身体を割り込ませて、執拗に唇を奪ってくる。飢えた衝動を唇越しに受け止め、エリーゼは逞しい肩の辺りにそっと手を添えた。

彼の心を深く悩ませていた頃は、この辺りも肉が削げてやつれていた。

だが今はもう、出会った日の逞しさを取り戻している。苦悩から回復して健(すこ)やかさを取り戻してくれたのだと思うと、本当に嬉しかった。同時に大切なグレイルを、これ以上悩ませたり悲しませたりしたくないと強く思う。

指先で滑らかな二の腕を撫でていると、グレイルが焦れたように尋ねてきた。

「どうした……？」

エリーゼは微笑んで、グレイルに答えた。

「いいえ、お元気になられてよかったなって……」

そう言うと、グレイルも精悍な顔に笑みを浮かべて答えた。

「お前がいるからだ……お前がいないと、駄目だ」

グレイルはエリーゼの膝裏に手をかけ、大きく脚を開かせた。

「久しぶりだ、お前の中に入るのは」

声には隠しようもない欲望が滲んでいる。グレイルの長い指が淫核に触れた刹那、エリーゼの身体の奥から、とろりと蜜が溢れ出た。

「あ……あっ」

二ヶ月ぶりに感じる愉悦に、エリーゼは声を上げ、恥じらって手の甲で唇を押さえた。

「どうした、そんなに可愛い声を出して」

グレイルは指先に蜜を纏わせ、敏感な粒を優しく擦りながら言った。

「ここしばらくは、お前に奉仕してもらうばかりだったな」

「ん、あ……っ、いいのです……いい……の……っ」

気にしないでほしいと言いたいのに、声が震えてうまくしゃべれない。刺激を受けるたびに、恥ずかしい場所がますます濡れそぼってくる。

「お前のお陰で、俺は色々と危うい喜びを覚えたぞ？」

秘部を弄ぶグレイルの額には、汗が滲み始めていた。指が前後するたびに、開かれた脚がビクビクと揺れる。

「あ！　やぁっ……！」

濡れそぼった秘裂に、昂る杭が押し当てられた。だがそれは中に押し込まれず、くちゅくちゅと音を立てて、花芽と襞のあわいを行き来するだけだ。

「こうすれば、挿れずとも多少は具合がいいのでは？　交われない日に、お前を満たす手法も考えなくては不公平だからな」

グレイルにされている淫らな行為を実感した途端、身体の奥がカッと熱くなった。

頼りなく揺れる乳房の先端で、乳嘴が快感に硬く凝る。

「あ、あぁ……私は……いいのに……っ……」

杭が前後し、擦られるたびに、気持ちがよくて腰が揺れる。エリーゼは火照る身体を持て余し、必死で嬌声を堪えた。

「ん、あ、そんなにしたら……これだけで……あ……！」

「……そうだな、お互い、もう辛いな……」

ため息のようにグレイルが言い、腰を浮かして、エリーゼの脚を屈曲させる。そして、剥き出しになった秘部の中心に、ずぶずぶと肉杭を突き入れた。

「は……ん……っ……」

待ちわびていた容赦のない昂りの感触に、エリーゼの腰が揺れる。奥まで貫かれた身体が喜びに震えた。

「あ……あぁ……いや、硬い……」

「……っ、いいな、やはりお前の中が一番いい」

グレイルはエリーゼを組み敷いたまま、勢いのある抽送を繰り返す。

「あんっ……グレイル様……あ……っ……」

エリーゼの華奢な身体が、グレイルの下で繰り返し揺さぶられた。脳天まで突き抜けるような快感に悶えながら、エリーゼはグレイルの身体に縋りつく。

「ん、ぁ……あぁぁっ」

番い合う蜜音が激しくなり、幾筋もの熱い滴が伝い落ちていく。

「駄目、そんなに……奥……まで……ん」

ぐちゃぐちゃにぬかるんだ場所を貫かれ、かき回され、エリーゼは嬌声を上げながらグレイルの腰に脚を絡めた。

「お前の中に吸い込まれそうだ」

息を乱しながらグレイルが言う。彼の胸から落ちた汗が、エリーゼの汗に混じって肌に広がった。

「だ……だめ……もう……だめ……あ……」

甘やかな震えが止まらなくなり、エリーゼはいやいやと首を振った。グレイルを咥え込んだ場所が蠢動し、たっぷり絞り取らんとばかりにうねる。

「ん……んっ……」

目の前が白くなるほどの快感がエリーゼの全身を弛緩させる。グレイルは激しい呼吸を繰り返しながら、とどめとばかりにエリーゼの唇を塞いだ。

達したばかりの身体に繰り返し腰が叩きつけられる。

やがて動きはねっとりと奥を穿つものに変わり、エリーゼの一番深い場所でどくどくと欲望を吐き出した。

繋がり合ったまま、脱力したエリーゼの身体を抱きしめ、グレイルが繰り返し頭に口づけてくる。

手足を絡ませ合い、濡れた肌を重ねてお互いの速い鼓動を分かち合っていると、グレイルと自分が同じ色の光に包まれているように感じられた。

「お前と一緒になれてよかった、お前がそばにいてくれて、俺は救われた」

グレイルの胸に頰を寄せ、エリーゼは涙ぐんで頷いた。

「私、夢を見ているようです、グレイル様」

一糸纏わぬ姿でしっかりと抱き合ったとき、エリーゼの脳裏にきらきらと輝く星の姿が見えた。

もしかして、災厄の星は……ついでに幸せも運んできてくれたのだろうか。

――そうかもしれないわ……だって、愛人候補と間違えられなかったら、私は、グレイル様と離れたままだった……。

「どうした?」

グレイルが優しい声で尋ね、エリーゼの身体を力強い腕で抱き直す。

「いいえ、私の運命って、数奇だなと……」

エリーゼの言葉にグレイルが笑い出す。

「本当にな、俺は今後もお前に度肝を抜かされるんだろう……でも、お前が幸せでいてくれれば、俺はそれでいい」

明るく力強い声で告げられて、エリーゼは頷き、うっとりと目を閉じた。

◆

『夢のように素晴らしく、美しかった』と語り継がれる王太子夫妻の結婚式から、早くも四年が経った。

王太子宮の庭には、今日も愛らしい女の子の笑い声が響いている。

「おとうしゃま、おちゃ、おちゃを、のんでくださいましぇ」

ティーテーブルの子供用の椅子にちんまりと腰掛けているのは、エリーゼに生き写しの小さな女の子。最近三つになったばかりの、グレイルが目に入れても痛くないほどに溺愛している長女、アメリアだ。

公務が休みのグレイルは『おとうしゃま、おちゃかいを……しましょう？』という娘の誘いに目尻を下げ、子供用の両手持ちのカップでぬるいお茶を飲んでいる。

「アメリア、お父様には大人用のカップでお出ししていいのよ」

三ヶ月前に生まれた長男を抱いたエリーゼが、笑いを堪えた顔で娘に教える。だが、グレイルに似て頑固な娘は、大好きな『おかあしゃま』の指摘に首を横に振った。

「ううん、おとうしゃまは……アメリアと、おなじがいいの。ね？」

そう言ってアメリアは、つたない手つきで、小さなポットを手に取った。

「おかわりあげます」

「ありがとう」

グレイルもエリーゼ同様笑いを堪え、真面目な顔で四杯目のお茶をいただいた。

お茶が大分テーブルにこぼれたが、幼いアメリアは気づいた様子もない。

――お気に入りのドレスが濡れたらまた泣くな。俺に似て潔癖だから。

中腰でテーブルを拭いている最中、突然アメリアがむせた。

グレイルは慌ててふきんを置いて立ち上がり、アメリアを抱き上げて背中を叩く。

「どうした、大丈夫か？」

「だいじょうぶ」

涙目になりながらも、アメリアがしっかりした口調で言う。グレイルはほっとして、アメリアを抱いたまま優しく揺らした。

「お茶が変なところに入ったのかな？」

「へいき。だいじょうぶよ」

アメリアはそう言うと、むっちりした腕でグレイルの首筋に抱きついた。

そのとき、エリーゼが抱いていた赤ん坊が泣き出す。

子供が増えてすっかり慌ただしくなったと思いつつ、グレイルは顔をほころばせて、エリーゼの腕の中の我が子を覗き込んだ。

「エイドリアンも起きたか？」

グレイルの問いに、エリーゼは優しい手つきでおくるみを直しながら頷いた。エイドリアンはすぐに泣きやみ、大きな緑の目でエリーゼを見上げた。

「ねえ、おとうしゃま、あかちゃん、おちゃ……のめる？」

最近現れた『おとうと』を不思議そうに見つめながら、アメリアが尋ねてくる。

「まだだよ、もう少し大きくなってからだ」

「いつ、おおきくなるの？」

何気なく答えようとしたグレイルは、ふと、抱いている娘の重さに気づいた。

無事に生まれた小さなアメリアを抱き、声を上げ、安堵に震えて泣いたのがつい昨日のことのようだ。エイドリアンが元気な産声を上げた日のことも、ほんの先刻のように感じる。

――エリーゼ、お前が突然俺の前に現れた日から、もうずいぶん経ったんだな……。

最愛の『妃』と過ごした時間の濃密さを噛みしめながら、グレイルは答えた。

「……あっという間に大きくなる。お父様が驚くくらいに、あっという間に」

グレイルの言葉に、アメリアが不思議そうに頷く。よくわからなかったのだろう。

傍らでエイドリアンをあやしていたエリーゼが、優しい声で同意する。

「本当に、あっという間でしょうね……あなた」

柔らかなエリーゼの声には、万感の思いが込められていた。

あとがき

栢野すばると申します。

このたびは、拙著『未亡人ではありません！　～有能王太子様の（夜の）ご指南係に指名されました～』をお手にとっていただき、誠にありがとうございました。

本作は、引き寄せの力（？）が凄まじいヒロインが、自分でも唖然とするような運命に巻き込まれつつ、最後は初恋の王子様と結ばれるラブコメになります。

ヒーロー、グレイルは（作者の好きな）かわいそうな美青年です。

いいですね……悲愴な男……。グレイルも、顔・才能・地位すべてに恵まれているのに、こんなに気の毒でいいのか、というくらいかわいそうな男です。

ある意味、今まで書かせていただいた中で、一番かわいそうな男子かもしれません。

どうかかわいそうかは、本文を見てにやっとしていただければ幸いです……。

作者は嫉妬の業火に焼かれる美青年が大好きなので、書かせていただけて楽しかったです。

予定にはなかったのですが、作品のラストには、その後の幸せな光景もちょっと添えさせていただきました。

冒頭に描いていただいた、幼少時の二人のイラストがあまりにかわいくて……。

グレイルは、幼い頃の妻に似た愛くるしい娘を授かったら、さぞ嬉しいだろうな……と、勢いよく想像が膨らみました。イラストの力というのは、すごいです。

常に厳しいお顔のパパですが、娘の前では目尻が下がりっぱなしだと思います！

本作のイラストは、氷堂れん先生が手がけてくださいました。一ファンとして、ラフの段階から感動の嵐でした。

エリーゼの美しさもさることながら、グレイルの仏頂面も、ラブなシーンの余裕のない顔もすべて最高です！　素敵に描いてくださって、ありがとうございます。

また、担当者様には様々なご迷惑をおかけし、誠に申し訳ありませんでした。色々と対応いただき本当にありがとうございます。

最後に、この本をお求めくださった読者様、このたびは、本当にありがとうございました。またどこかでお会いできることを祈っております。

本作品は書き下ろしです

栢野すばる先生、氷堂れん先生へのお便り、
本作品に関するご意見、ご感想などは
〒101-8405
東京都千代田区神田三崎町2-18-11
二見書房　ハニー文庫
「未亡人ではありません！
～有能王太子様の（夜の）ご指南係に指名されました～」係まで。

未亡人ではありません！
～有能王太子様の（夜の）ご指南係に指名されました～

【著者】栢野すばる

【発行所】株式会社二見書房
東京都千代田区神田三崎町2-18-11
電話　03(3515)2311［営業］
　　　03(3515)2314［編集］
振替　00170-4-2639
【印刷】株式会社 堀内印刷所
【製本】株式会社 村上製本所

落丁・乱丁本はお取り替えいたします。
定価は、カバーに表示してあります。

ISBN978-4-576-20018-7

https://honey.futami.co.jp/